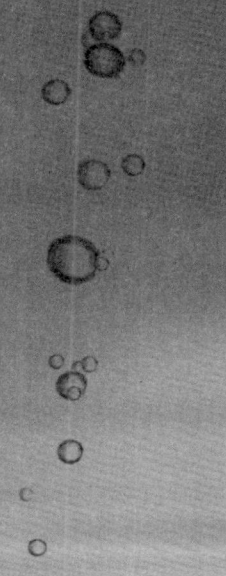

Matsuie Masashi

거품

泡

마쓰이에 마사시

松家 仁之

김춘미 옮김

일 러 두 기

- 이 책의 인명, 지명 등 외국어의 우리말 표기는 국립국어원 외래어 표기법을 따르되, 입말로 굳은 단어 등은 예외로 하였습니다

- 모든 주는 옮긴이주로, 본문 하단에 각주로 표기하였습니다.

- 본문 내 괄호는 원서에서 일본어와 러시아어 등 이중으로 표기된 부분입니다.

1

　욕조에 몸을 담근 가오루는 멍하니 눈을 뜬 채 코로 천천히 숨을 들이마셨다.

　스읍. 희미한 소리가 들린다. 입으로 뱉는다. 후우.

　혼자 있을 수 있는 욕실만이 가오루가 안심할 수 있는 곳이다. 한여름에도 샤워로 끝내지 않고 욕조에 들어간다. 잠자코 따뜻한 물에 몸을 담그고 있으면 딱딱하게 굳어 있던 몸이 풀린다.

　이번에는 가능한 한 길게 숨을 뱉는다.

　다다미* 두 장 될까 말까 한 욕실에는 큰 유리창이 없다.

---

*　전통 규격은 90×180센티미터.

천장 가까이에 있는 가로로 길쭉한 작은 유리창은 나무틀의 쇠 걸이에서 늘어진 삼베 끈을 잡아당기면 탁탁 소리를 내며 열렸다 닫혔다 한다.

개폐식의 작은 국기. 국민은 가오루 한 사람뿐이다. 국기 아래로 김이 도망쳐 나간다. 잡아당긴 끈을 벽의 후크에 둘둘 감으면 유리창을 열어둘 수 있다.

일단 욕조에서 나와서 엉거주춤 욕실 미닫이문을 조금 연다. 순간 바깥 공기가 들어온다. 여름 저녁나절 공기 가운데 희미하게 바다 내음이 난다. 태평양 연안의 미지근한 바닷바람이 욕실의 후텁지근한 공기와 함께 작은 유리창으로 빠져나간다. 가오루는 껍질을 두고 온 소라게 같은 엉덩이를 하고, 서둘러 욕조로 돌아간다. 풍덩, 물이 튄다.

오후 5시가 지나 있었다. 날이 저물려면 아직 시간이 많이 남아 있다. 가게에는 6시까지 가면 된다. "도울 수 있으면 도와보든지"라는 것이 작은할아버지의 습관적인 언사였다. 정식 아르바이트도 아니고, 단순한 보조니까 긴장할 필요는 전혀 없다. 그래도 가오루는 긴장의 끈을 심장 뒤쪽에서 등, 손발 쪽으로 사방으로 뻗어 마음도 몸도 단단히 조이려고 한다.

가오루는 삼백육십오 일 어깨가 뭉쳐 있다. 어깨가 뭉쳐 있는 것이 일상이라서 딱히 아프지도 않다. 검도 수업 시간에 죽도를 들어올렸다 내려칠 때, 유도 수업 시간에 상대와 맞붙을 때. 가오루는 순간적으로 어깨가 굳었다는 것을 자각한다.

욕조에 몸을 담그고 있으면 복부에 수압이 가해져서 고여 있던 공기가 움직이기 시작한다. 양팔로 무릎을 끌어안고 꽉 잡아당기면, 좀 더 복압이 높아진다. 목욕물 속에서 공기가 터지는 소리. 배 속의 공기가 몸 밖으로 밀려나와 거품이 되어 흔들흔들 나간다.

어느 틈엔가 찾아온 꼬마 잠수부가 가랑이 그늘에 숨어서 숨쉬고 있다. 뱉는 공기가 부글부글 잇따라 떠올라 그가 숨어 있는 곳을 무방비하게 알려준다. 일단 나갈 길이 생기면 오늘 하루 들이마신 공기가 신나게 해방되어 나간다.

고등학교 2학년이 되고 얼마 지나지 않아 가오루는 학교에 갈 수가 없어졌다.

처음에는 꾀병을 부려 띄엄띄엄 쉬었다. 검도와 유도 수업이 없는 날에는 억지로라도 갈 수 있었지만 그것도 오래는 가지 못했다.

여름이 되기 전에 딱 다닐 수 없어졌다.

마지막으로 학교에 간 날 아침 일은 잘 기억하고 있다.

날씨가 맑아 기온이 높았고 벚나무 가로수가 답답한 그늘을 만들고 있었다.

스탠드칼라의 까만색 교복을 입은 가오루는 가까운 버스 정류장에서 내려 아득하게 이어지는 널찍한 통학로를 걷기 시작했다. 낯익은 통학로 광경을 마주하자 곧 무언의 압력을 느껴호흡이 가빠진다.

작은 공장이 늘어서 있는 구역에서 전진과 후진을 잘게 되풀이하는 지게차가 아침의 통행인들을 능숙하게 피하면서 두툼한 종이 묶음을 올렸다 내렸다 하고 있다. 제품이 되기 전의 재료가 이제부터 어딘가로 운반되어 간다. 주위에는 종이와 잉크의 반들거리는 냄새가 떠돈다. 인쇄소 한 블럭 앞에 백화점 배송 집하장이 있다. 똑같은 포장지로 싼 상자가 목적지별로 트럭에 바쁘게 실린다. 의지 없는 상자들이 침묵 속에 분류되어 어딘가로 운반되어 간다. 쌓여 있는 상자는 보기만 해도 압박감이 느껴져 숨쉬기가 어려워진다.

호안공사가 막 끝난, 극단적으로 수량이 적은 강에 도로의 연장에 지나지 않는 짧은 다리가 걸려 있다. 다리를 건너면 완만한 언덕이 시작된다. 비탈길을 올라간 언덕 위에 가오루가 다니는 고등학교가 있다.

언덕길 양쪽에는 문화주택이 늘어서 있고 주부 같은 사람이 베란다에 나와서 빨래를 널고 있다. 가오루는 베란다를 보지 않게 시선을 떨구고 걷는다. 어느 집 유리창에서 민영 라디오의 경쾌한 이야기 소리가 들려온다. 밀어붙이는 듯이 밝은 세상의 소리. 문화주택이 끊기는 부근에서 오르막길은 왼쪽으로 커브를 그려나간다.

커브가 끝나면 언덕길 앞에 회색빛 교사의 3층 부분이 보이기 시작한다. 언덕을 다 올라가면 바로 운동장이다. 먼저 시야에 들어오는 것은 야구부를 위해서 만든 올려다볼 만큼 높은 펜스. 흙으로 된 운동장은 축구나 럭비도 할 수 있을 만큼 넓다. 문무겸용을 표방하여 스포츠 관계 설비가 과할 정도로 충실하다. 대학 진학률에 연연하면서도 체육선생들의 위세가 당당한 남학교이다.

가오루가 입학하기 십 년도 더 전 일이다. 펜스 꼭대기까지 올라갔다가 내려오는 경쟁을 부추긴 학생 중 하나가 손발이 미끄러져 운동장에 내동댕이쳐지면서 목뼈가 부러졌다. 아래쪽 철망에 매달려 있던 학생도 휩쓸려서 손가락이 몇 개 부러졌다. 목뼈가 부러진 학생은 구급차로 병원에 가는 도중에 사망했다고 한다. 그 후로 학생들은 펜스를 '원숭이망'이라고 부른다.

원숭이망이 시야에 들어온 순간 호흡이 더 밭아지더니 심장 부근이 무거워지고 다리가 엉킬 뻔했다. 교문 훨씬 앞에서 가오루는 멈춰 섰다.

동급생들은 오늘도 까만 스탠드칼라 교복을 입고 비릿하고 기름진 교실 공기를 마시고 있겠지. 흰소리나 하고, 장난으로 맞잡고 싸우고, 걷어차는 흉내를 내고 있겠지. 메뚜기 떼처럼 북적거리는 여느 때의 모습이 눈에 떠오른다. 물론 가오루도 똑같은 색, 똑같은 냄새가 나는 메뚜기 떼 중 한 마리다. 그 교실로 더는 갈 수 없다. 어차피 똑같은 메뚜기라면 마른하늘로 날아올라 가능한 한 멀리 도망치고 싶다. 자신의 날개 소리로부터는 도망치지 못할지언정.

교실로 향하기를 그만두고 '결연히'라는 마음으로 왼쪽으로 꺾었다.

평상시에는 걷지 않는 길이지만 곧장 가면 구립공원으로 이어지는 것은 알고 있다. 쓸데없이 넓기만 한 구립공원 가장자리에 갓 심은 나무들이 일정한 간격으로 늘어서 있다. 가지도 잎사귀도 전지되고 줄기에는 빙빙 노끈 같은 것이 감겨 있다. 이렇게 보잘것없고 무미건조한 가느다란 나무라도 언젠가는 거목이 되려나? 새가 날아와서 앉고, 가지가 부드럽게 휘어지면서 바람에 흔들리기도 하고, 잎사귀 뒤를 보일 여유가 생기려나? 여름 햇볕을 쬐고, 지면에 나무 그늘을 만들려나? 도저히 그렇게 될 것 같지 않다. 꼼짝도 안 하고 흔들리지도 않는 나무는 반쯤 죽은 것처럼 보인다. 일 년 전, 겨우 일주일 만에 탈퇴한 테니스부에서는 열몇 명 되는 신입 부원과 함께 이 공원의 먼지 나는 산책길을 빙글빙글 몇 바퀴씩 달려야 했다. 그다음에는 복근운동과 팔굽혀펴기, 토끼뜀 뛰기. 트레이닝이라기보다 테니스공을 만지기 전에 탈락시키는 것이 목적인 의식 같았다.

복근운동과 팔굽혀펴기를 마치면 또 달린다. 근육은 물론, 심장도 폐도 목과 코의 점막도 한계에 도달하고, 다리는 쥐가 나려고 한다. 한 명이 달리기를 그만두고 나무 관목에 얼굴을 처박듯이 하고 토하기 시작하자 그것을 본 2학년생이 "됐다, 학교로 돌아간다"라고 했다. 모두 아무 소리 안 하고 2학년 선배 뒤를 따라갔다. 토한 탓도 있는지, 1학년생은 눈물을 글썽였다. "괜찮아?" 하고 물어보는 자는 없었다. 가오루도 잠자코 있었지만, 옆에서 나란히 걸으면서 상태를 지켜보았다. 토한 뒤의 시큼한 냄새가 희미하게 났다.

탈퇴서를 냈을 때 지도교사인 사회과 선생은 "테니스가 놀이가 아니라는 사실을 알았겠지. 문화 쪽 특별활동도 많으니까 그쪽에서 잘 해봐"라고 가오루의 눈을 보지도 않고 말했다.

'너희'라는 별명이 붙은 그 선생은 교과서에서 벗어난 이야기를 할 때 갑자기 생기가 돈다. 수영장이 있는 가운데 운동장으로 난 유리창에 눈길을 주면서, "너희는 흥미가 없겠지만"이라고 전제하는 것도 늘 같다. 에피소드의 태반은 역사상의 인물이 왜 망하게 되었는지, 왜 중요한 무대에서 사라지게 되었는지에 관한 것이었다. 승패의 분기점, 패퇴에 이르는 판단과 행동을 보고 온 것처럼 이야기한다. "질 만해서 진 거야"가 '너희'의 단골 멘트였다.

"이 시점에서 잘못된 거지"라고 분필로 하얗게 된 손끝으로 허공을 노크하는 듯이 하면서 '너희'가 말한다. 노크하는 문 너머 보이는 것은 '너희'가 연출한 대하드라마다. 어디에서 뭐가 잘못되어서 이 멋대가리 없는 남자고등학교에 와서 일본사를 가르치게 되었는지…… '너희'는 그 분기점을 생각해보기나 했을까?

등교중인 같은 학교 학생과 부딪치지 않게 전방을 신경 쓰면서 공원 바깥쪽을 걷고 있으려니까 흥분한 직박구리 여러 마리가 가오루를 발견하고 끼욕끼욕끼욕 요란하게 운다. 가오루는 직박구리가 싫다. 자기들보다 몸집이 작은 참새라든가 동박새, 박새를 쫓아내고, 이겼다는 듯이 지저댄다. 흥분하면 머리의 빨간 털을 곤두세운다. 울음소리도 모양새도 수선스럽다. 가오루는 아무한테도 들리지 않게 작은 소리로 '시끄러워!'라고 한다.

공원을 빠져나가면 바로 환상環狀도로다. 자동차만 달리는 편도 3차선. 목적지를 향해서 달리는 차의 무리에서 눈을 돌리듯이 하고 육교로 올라가 흔들흔들 흔들리는 다리를 건너 맞은편으로 간다. 환상도로 옆에는 3층 아니면 5층 정도 되는 회색 빌딩이 고르지 못한 이빨처럼 서 있다. 가로수도 없는 좁은 보도를 버스 정류장까지 걸어가 학교와 반대 방향으로 가는 버스를 기다렸다가 덜컹 하고 문이 열리면 올라탄다. 이십 분 남짓 흔들리며 가는 길에 버스는 육교 위를 달리기도 하고 전철 선로 밑을 빠져나가기도 한다. 하지만 회색 경치는 어디까지나 똑같다.

아버지도 어머니도 학교 선생이라서 집에 가도 까만 고양이 다로밖에 없다. 밖으로 튀어나온 창가에서 밖을 내다보기를 좋아하는 다로는 가오루가 오는 것을 알아차리면 바닥으로 뛰어내려 거실을 곧장 가로질러 현관 앞 마룻바닥에서 가만히 기다린다. 문을 열면 쉰 울음소리로 인사하면서 다가온다. 가오루 종아리 부근에 가볍게 몸을 갖다대고 가오루를 한 번 올려다보고 나서는 다시 자기의 고정 자리인 유리창 창가에 뛰어 올라가 가만히 밖을 내다보기 시작한다. 다로는 가오루가 평상시보다 일찍 집에 온 것을 이상하게 생각하지 않는다. 학교 따위 모르겠고 밖을 감시하는 것이 가장 중요하기 때문이다.

가오루는 2층의 자기 방에 들어가서 교복 상하의를 벗고, 와이셔츠를 벗고, 양말을 벗고, 파자마도 입지 않은 채 침대에 들어갔다. 눕기만 하면 바로 잠이 든다.

얕은 잠에 빠지기 전, 갑자기 시작했다 갑자기 끝나는 기분 나쁜 꿈을 꾸었다. '웨트 드림'이 몽정이라는 것은 비틀스 노래로 알고 있었지만 가오루는 몽정의 경험이 한 번도 없다. 영화에서 본 존 레넌은 런던의 추운 빌딩 옥상에서 '누구나 다 몽정을 하고'라고 얼어붙은 하얀 얼굴로 노래했다. 옆에서 노래하던 폴은 어땠더라?

눈물이라면 꽤 많이 흘렸다. 적어도 초등학생 때까지는 울보였다. 유치원에 가기 싫어서 매일 아침 울었고, 초등학교에 가자 학교에서는 별로 울지 않았지만 부모한테 야단맞거나 마음대로 되지 않으면 집에서는 곧잘 울었다. 중학생 때쯤부터 좀처럼 울지 않게 되었다. 고등학생이 되고 나서는 한 번도 울지 않았다. 가오루는 욕조 안에서 그 사실을 깨달았다.

어떻게 하면 울 수 있을까? 중학교 때 딱 한 번 미술관에 같이 간 동급생 후사코가 이 세상에서 없어지는 장면을 상상한다. 후사코는 개와 《불의 새 여명편》*과 시카고를 좋아하고, 삶은 계란과 프로세스치즈를 싫어하고, 도서위원을 하고 있다. 머리카락이 어깨 밑까지 내려오고 연식 테니스 부원이다. 후사코가 중병에 걸려 병원 침대에 있다. 가오루는 병실에 있다. 지금은 두 사람뿐이다. 더 살 수 없다는 사실을 둘은 알고 있다. 후사코가 "가오루, 고마워"라고 말한다. 후사코 손을 잡고 싶지만 양팔 다 침대 안에 있다. 창백한 얼굴을 만질 수는 없다. 아무 소리 못 하고 곁에 서 있자 후사코의 눈꼬리에서 눈물이 흘러나와 귀로 들어가는 것이 보인다. 영화라면 가오루는 후사코 볼에 얼굴을 갖다대고 눈물 부근에 입술을 댈 것이다. 공상 속에서조차 가오루는 아무것도 하지 못한다. 울고 있는 것은 후사

---

* 데쓰카 오사무의 유명 만화.

코뿐이다.

현실의 후사코는 가오루와 다른 도립고등학교에 진학해서 얼마 되지 않아 남자친구가 생겼다고 들었다. 만화연구회 선배로 뒤에서 보면 여자처럼 긴 머리를 한 것 같았다. 남녀공학인데 사복을 입는 학교였다. 후사코가 중병에 걸렸다고 해도 낫는 것 이외에 무엇을 바랄 수 있겠는가? 아무리 생각해도 아무것도 떠오르지 않는다. 눈물도 나오지 않는다.

공상은 그만두기로 했다.

이번에는 복근에 힘을 주어 욕조 안에서 아랫배 공기를 밀어내 거품을 만든다. 이 거품은 현실이다. 가오루의 일부였을 테지만 나와버리면 그냥 거품이다. 미래도 현재도 아닌 과거이다. 거품이 되어 있는 동안만 모습을 나타내는 기체는 거품이 터지면 보이지 않는다.

고여 있던 공기를 다 내보내고 빵빵했던 배가 납작해진 것을 느끼면서 가오루는 욕조에서 나왔다. 서둘러서 샴푸를 하고 샴푸 거품으로 온몸을 씻었다. 욕조의 물을 대야로 퍼서 뒤집어쓰듯이 머리에 끼얹었다. 좁은 욕실에 생긴 작은 폭포. 머리카락이 뽀드득뽀드득한 것을 손가락으로 확인하고 수도꼭지를 약하게 틀어 샤워를 한다.

도쿄에서 기차를 갈아타야 도착하는, 700킬로 이상 떨어진 태평양 연안 마을의 일몰은 도쿄보다 이십 분 정도 늦다. 해가

지면 쨍쨍 내리쬐던 냄새가 사라지고 공기는 핏기를 잃는다. 해변 도시의 저녁나절은 그저 어두워지는 도시와 달리 훨씬 더 불온하고 뭔가 수상쩍다. 보이지 않는 커다란 대걸레 형태의 공기가 산기슭에서 해면으로 내려와 마을의 열기를 진정시킨다. 잠들기 힘든 도쿄보다 훨씬 시원하다.

　사람들은 저녁이 되면 밖을 나다니기 시작한다. 아파트 앞길도 이제부터 통행이 느는 시간대가 된다. 두서너 명의 남자 소리가 다가온다. 겹치듯이 웃기도 하고 큰 소리로 떠들면서 뭐가 그렇게 즐거운지 목소리 덩어리가 가까이 왔다 멀어져서 들리지 않게 된다. 아마도 모두 가오루보다 연상이다.

2

가오루가 묵고 있는 아파트에서 걸어서 삼 분 정도 되는 곳에 원래는 우유 판매점이었던 집이 있다. 가오루의 작은할아버지, 사나이 가네사다의 집이다. 가네사다는 우유 판매와는 아무런 상관이 없다. 온천과 해수욕의 도시, 여기 사리하마에서 재즈카페를 운영하고 있다.

2층 건물의 1층은 미닫이문이라든지 우유 판매점 시절의 설비를 모두 없애고 지금은 차고가 되어 있다. 벽이랑 바닥에 우유 판매점 시절의 흔적인 하얀 타일이 아직 군데군데 붙어 있다. 점포 바닥 중앙에는 배수구가 있어서 그 자리에서 차를 씻을 수 있지만, 가네사다는 세차를 하지 않은 지 여러 해 됐다. 태양빛과 바닷바람에 씻겨 퇴색해 탁하고 거친 마쓰다 R360쿠

페. 유리창은 주유소에서 닦아준다. 전면이 보이게 주차해두어서 뒤 범퍼의 움푹 들어간 부분은 보이지 않는다. 차체 여기저기에 자잘한 흠집이 있다.

차고 막다른 곳 벽에 제비집이 있다. 멈춘 채 움직이지 않는 우유 판매점 벽시계를 집으로 삼고 있다. 10시 14분을 가리킨 채 멈춰 있는 시침과 분침이 제비집을 지탱하는 양손 같다. 봄에 제비가 돌아오면 가네사다는 제비집을 들락날락하는 제비 모습을 조금 떨어진 곳에서 지켜본다. 매년 같은 한 쌍이 오는지 어떤지는 모르지만 자유롭게 날아다니는 모습이 가네사다를 매료시킨다. 새끼가 다 커 독립해 나가면 얼마 안 가 하얗게 마른 흙 제비집이 빈 껍데기가 되고 할 일이 없어 따분한 얼굴이 된다.

가오루의 친할아버지인 구와타로가 장남이고, 가네사다는 여섯째 아들이다. 세 명의 누나가 사이에 있어 아홉 형제의 막내가 된다. 구와타로하고는 나이 차도 많지만 성격이나 얼굴도 남남처럼 다르다. 구와타로는 말이 없고 고리타분한 사람이다. 가네사다는 말이 많은 한량으로 여겨지고 있다. 집안 제사에서 만날 때마다 가오루는 가네사다의 행동거지에 매료되었다. 사나이 집안사람이 아닌 것같이 명랑하고 재미있는 작은할아버지에게 자기도 모르게 눈길이 갔다.

여름 동안, 도쿄에서 멀리 떨어진 바닷가 마을의 가네사다네에서 지내보고 싶다고 말을 꺼낸 것은 가오루였다. 가능한 한 멀리 가고 싶은 마음과 자유로운 영혼 같은 작은할아버지에 대한 관심, 가네사다가 운영한다는 재즈카페에도 흥미가 있었다. 그리고 아마도 작은할아버지는 자기에게 간섭하지 않고 내버려둘 것이다.

가오루의 아버지, 고이치는 가네사다에 대해 이야기할 때면 늘 쓴웃음을 띤다. 선생인 고이치가 볼 때 가네사다가 교육적 인물이 아닌 것은 분명하다. 그러나 고등학교를 다니지 않게 된 아들을 맡길 곳으로 고려할 때, 어쩌면 회복의 계기가 될지도 모른다는 엷은 기대를 품은 것은 가네사다가 교육적이 아니기 때문이다.

고이치는 내심 반쯤 그렇게 생각했지만 아내 앞에서는 그런 기대를 입에 담지 않았다. 역시 선생인 아내는 애당초 가네사다를 좋게 생각하지 않았다. 경박하고 무슨 생각을 하는지 알 수 없는 어르신. 아마도 그런 인상일 것이다. 고이치가 무슨 이야기를 어떻게 하든, 그런 무책임하게, 라고 아내에게 한소리 들을 게 뻔했다.

가네사다에 의하면 고이치는 고지식한 구와타로와 많이 닮았다고 한다. 부자지간이니까 어쩔 수 없겠지만 그렇게 말하는 가네사다에게도 구와타로와 닮은 구석이 있다. 잠자는 얼굴이 똑같은 것이다. 대낮부터 술을 마시고 낮잠을 자는 가네사다의 얼굴은, 당시 중학생이었던 고이치 눈에 아버지하고 똑같아 보였다. 미간의 깊은 주름, 뭔가 괴로운 듯한 표정, 그 당시의 아버지 나이에 가까워진 자기 또한 똑같은 얼굴로 자는지, 아내한테 물어본 적은 없다.

오후 3시. 2층 침실에서 가네사다는 낮잠을 자고 있다. 미간에는 선명하게 주름이 모여 있다.

옆집 뒷마당의 감나무에서 직박구리가 요란하게 운다.

잠이 깨서 여기가 어딘지 깨닫기까지의 잠시 동안, 가네사다는 심장이 두근거린다. 여기가 사리하마의 자기 집이라는 것을 깨달으면 바로 긴장이 풀린다. 그때 가네사다의 눈동자는 투명해진다. 사람 그림자 없는 광활한 사막이나 광야를 지금 혼자 보고 있는 것 같은 눈빛. 그 눈동자의 엷은 빛을 볼 자는 여기 없다.

자다 깼을 때 컨디션이 안 좋은 것은 여느 때나 같다. 허리가 뻐근하고 통증이 있다. 조금 구부정한 자세로 욕실에 가서 샤워를 하며 자면서 흘린 땀을 씻어낸다. 여름에는 아침, 점심, 밤에 샤워를 한다. 비누로 꼼꼼하게 씻고 샴푸도 한다. 샤워를 하는 것은 손님을 위해서가 아니라 자신을 위해서이다. 땀은 머리카락을 무겁게 한다. 굵고 탄력 있는 무거운 백발은 감으면 가벼워지고 살아난 것 같은 기분이 된다. 귀뿌리나 움푹 들어간 부분도 꼼꼼하게 씻는다. 귀의 복잡한 형태와 빛깔에는 몸이 주는 신호가 나타난다. 살아서 피가 통하는 귀와 죽음을 목전에 둔 딱딱한 귀를 비교해보면 알 수 있다. 커스터드크림이 들어 있지 않은 슈크림처럼 만지지 않아도 알 수 있다. 지금은 아무도 죽 어가지 않는다. 귀를 깨끗이 씻는 것은 가네사다의 주문 같은 것이었다.

샤워를 끝낸다. 몸의 심지에 열 기운을 남긴 채 피부 온도가 내려간다.

가게에 가면 에어컨이 있지만 집에는 선풍기 한 대밖에 없다.

타월로 머리를 벅벅 닦고 있으니까 소낙비가 지나간다. 비가 들이치지 않게 유리창을 닫는다. 1층 차고에서 아이들이 비를 피하며 떠들고 있다. 뒤섞여 들려오는 아이들 목소리가 좋다. 어른들이 큰 소리를 내거나 소리치는 것은 좋아하지 않는다. 큰 소리나 절규는 귀를 뒤덮어 사물조차 못 보게 한다.

트렁크만 입고 선풍기를 쐬었다. 읽다 만 신문을 뒤적인다. 캄보디아 정세를 전하는 흑백 이미지 위에 백발이 하나 떨어진 것을 알아차린다. 후우 불어 날려버리려고 하다가 그만두고 손 가락으로 집어 쓰레기통에 버린다.

이윽고 비가 그치고, 가네사다는 유리창을 연다. 기온은 내려 갔지만 습기가 심하다. 매미가 주뼛주뼛 울기 시작한다. 아이들 은 어느 틈엔지 없어졌다.

8월에 들어서자 시간이 멈춘 것 같고 말매미의 울음소리와 아스팔트 반사가 거의 매일 똑같은 강도로 되풀이된다. 집에서는 텔레비전도 안 본다. 라디오도 안 듣는다. 생각 자체를 멈추게 하는 더위가 오히려 가네사다가 바라는 바이다.

'오부브'는 오전 11시 반에 문을 열고 밤 10시에 닫는다. 카운터에는 여섯 사람이 앉을 수 있는 작은 걸상, 벽 쪽에 두 사람이 앉을 수 있는 테이블이 2개, 안쪽에 네 사람이 앉을 수 있는 테이블이 하나. 평일 오후에는 혼자 오는 손님이 많아 주문받은 음료만 갖다주고 내버려두면 된다. 유일한 종업원 오카다는 가게를 열면 바로 나타난다. 가게의 첫 피크타임은 점심시간이다. 오후가 되면 두 시간 정도 교대로 쉬기로 되어 있지만 오카다는 컨디션이 나쁠 때 외에는 그대로 가게에 있다. 쉬지 그래, 라고 말을 해도, 어중간하게 쉬면 오히려 피곤합니다, 라고 오카다는 말한다.

'오부브'는 오카다의 또 하나의 집 같은 곳인지, 일하는 것을 시간 단위로 생각하지 않는 듯하다. 가네사다는 오카다의 말을 그대로 받아들여 점심시간이 끝나면 가게를 맡기고 자기는 집에 돌아가서 낮잠을 잔다.

아직 오십대였을 때 가게는 가네사다 혼자 운영했다. 폐점하고 반년 이상 그대로 둔 카운터 바를 싸게 인수했다. 중고지만 비싼 앰프와 스피커, 레코드플레이어를 사고 설치와 배선은 직접 했다. 커피를 끓이고, 레코드를 틀고, 간단한 요리를 만들고,

접시를 씻고, 청소를 했다. 오랜 세월 혼자 살았기 때문에 일은 일상의 잡사와 그다지 다르지 않았다. 경험이 없는 일이라면 손님 응대뿐이었다. 그것도 얼마 지나자 익숙해졌다.

너무 친한 척하지도 그렇다고 불친절하지도 않고, 담담하게 행동하면 손님도 편하게 있을 수 있다. 카운터 안쪽에 있는 사람 기척에 신경 쓰지 않고 음악을 말없이 들으면서 각자 자기 생각만 하고 있을 수 있다. 재즈카페란 그런 무위의 시간을 멍하니 실내에 떠돌게 하면 된다. 가네사다는 그렇게 생각하게 되었다. 말수가 적은 가네사다를 친척들은 본 적이 없을 것이다. 말없이 있을 수 있는 장소를 가네사다는 좋아했다.

불쾌한 일이 생길 때도 있다. 그 대처법도 익혔다. 폐점 시간 가까이 되어 술 취한 손님이 들어오면 즉시 레코드를 멈추고 모든 조명을 켠다. 그리고 "죄송합니다만, 폐점 시간입니다"라고 억양 없이 이야기하고 조용히 내쫓는다. 그 요령도 알게 되었다. 가네사다가 잘하는 농담 같은 말투는 물론, 강하게 거절하는 말투도 취객의 수치심을 돌연 헤집어 솟구치는 분노에 불을 붙여버리는 수가 있다. 냉정하게 통보하면 취객은 일순 술이 깬 얼굴이 되었다가, 힘없이 한쪽 손을 들어 보이고 무안한 듯이 가게를 나간다.

손님 수도 스테레오 음향도 안정되고 가게가 순조롭게 돌기 시작한 지 얼마 되지 않아 오카다가 어디에서부터인가 불쑥

'오부브'에 왔다. 그때 이래 가게 운영이 일변했다. 커피도 요리도 오카다가 만드는 쪽이 훨씬 맛있다. 갑자기 어깨의 짐을 내려놓은 것 같아서 가네사다는 반쯤 은퇴한 듯한 마음이 되었다.

가네사다는 매일 가게를 열기 전인 11시에 출근한다. 가게는 늘 깨끗해서 청소할 필요가 없었다. 특히 카운터 안쪽은 오카다가 구석구석 깨끗하게 청소해둔다. 가네사다는 오카다에게 단 한 곳, 화장실은 내 영역이니까, 하고 손대지 못하게 했다. 가게를 열기 전, 화장실 청소를 마치면 마지막에 꽃을 꽂는다. 한 손으로 정돈할 수 있을 만큼 적은 양이라도 꽃이 있으면 화장실을 함부로 쓰는 손님이 준다는 것을 알게 되어 늘 꽃이 떨어지지 않게 하고 있다. 꽃은 며칠 간격으로 가게에 오기 전에 산다. 가네사다는 꽃을 좋아했다. 화장실에는 핑크색과 하얀색의 가련한 강황을 꽂았다. 카운터 제일 안쪽 벽 가의 커다란 꽃병에는 하얀 백합꽃을 던져넣듯이 꽂았다. 뒤로 젖혀지는 하얀 꽃이 조도가 낮은 스포트라이트를 받아 요염하다.

오카다는 십 년, 이십 년 전부터 가게에 있었던 것처럼 차분한 얼굴을 하고 있다. 오카다의 손놀림은 경쾌하다. 레코드플레이어의 암이라든가 커피 밀, 부엌칼과 수도꼭지, 키친타월을 군더더기 없는 솜씨로 차례차례 배톤 터치하듯 다루고 지체하는 시간이 없다. 뭔가를 치우면서 뭔가를 시작한다. 게다가 움직임이 수선스럽지 않아서 손님의 눈길을 끈다면 커피를 끓일 때나 레코드가 늘어서 있는 선반에서 레코드 재킷을 꺼낼 때 정도일 것이다. 물 흐르는 듯한 능숙한 동작이 몸에 밴 오카다를 볼 때마다 가네사다는 머릿속으로 이성한테 인기가 많겠다고 중얼거린다. 왠지 오사카 사투리였지만 입 밖에 낸 적은 없다.

'오부브'의 레코드를 오카다가 관리하면서부터 빅밴드를 백으로 한 보컬 그룹의 곡이 조금씩 늘어갔다. 오카다는 오봉 연휴*와 연말의 일주일간의 휴가를 이용해서 가끔 오사카나 고베에 다녀온다. 태어나고 자란 곳은 도쿄 같은데 한 번도 안 가는 듯했다. 고베에 있는 단골 레코드점에서 오래된 LP를 싸게 사온다. 말수가 없는 오카다는 명랑한 스윙 노래와 연주를 좋아하는 것 같았다. 그러나 '오부브'는 모던재즈의 가게다, 라는 배려 때문인지, 자기가 좋아하는 앨범은 손님이 없을 때나 폐점 후 청소를 하면서 듣기로 한 것 같았다. 빅밴드도 모던재즈라고 가네사다는 생각하지만, 그것을 말로 한 적은 없다.

1950년대에서 1960년대에 걸친 빅밴드에는 가네사다에게도 그리운 앨범이 많다. 당시 신품인 수입 음반은 월급의 사분의 일 정도 되는 가격이어서 도저히 살 수가 없었다. 재즈카페에 가서 오십 엔짜리 커피를 마시면서 듣는 것이 낙이었다. 그런 이야기도 하면 좋을지 모르지만 오카다는 기껏해야 난처한 듯

---

* 양력 8월 15일을 전후로 하는 일본의 명절 연휴.

이 "그렇습니까?"라고 할 뿐일 것이다.

도쿄에서 보험 영업으로 연명하던 시기였다. 도심은 어디나 공사중이었다. 먼지투성이인 거리를 걸으면서 스윙 곡을 콧노래로 불렀다.

전보다 여자 손님이 는 것 같은데 이는 오카다에게 호감을 가진 손님이 꽤 되기 때문이라고 가네사다는 생각한다. 그렇다고 해서 어떻다 할 것도 없다. 여성 손님이 유혹해서 오카다가 사라지기 전에는 가네사다하고 관계가 없다. 혹은 그렇게 오카다가 가게를 그만두게 되더라도 말릴 수도 없겠지. 우선은 오카다 신변에 대해 무관심하게 있는 것이 오래 일해주길 바라는 가네사다 나름의 배려였다.

오카다는 불쑥 나타났다. 즉 불쑥 사라질 수도 있다고 생각하는 편이 자연스러울 것이다. 원래 가네사다는 특정한 인간에게 매달린 적이 없었다. 남자든 여자든 그것은 똑같았다.

오카다가 온 것은 오 년 전 여름의 끝자락이었다.

미군이 방출한 커다란 카키색 더플백을 끌고 머리카락도 수염도 자랄 대로 자란 남자가 문을 열고 들어왔다. 더플백 손잡이가 문고리에 걸린 것을 보고 가네사다가 잠자코 걸어가서 빼주었을 때 더플백의 먼지 냄새 외에 남자한테서 희미하게 풍기는 또 다른 냄새가 있는 것을 알아차렸다. 땀내하고는 다른 냄새. 알아보고 싶어지는 향내 같은 것이 배어 있었다. 가네사다의 코에 기억이 있는 냄새였다.

몇십 년 만에 맡은 냄새는 사향 비슷하기도 했지만 확실하지는 않다. 가네사다는 남달리 냄새에 민감했다. 아직 도쿄에 있을 때 작은 카운터 바에 고용된 여자와 짧게 교제한 적이 있다. 그녀가 쓰던 향수 냄새가 맥락 없이 코끝에 되살아나는 일이 있다. 그녀한테는 이제 아무런 감정이 없지만 다른 곳에서 맡은 적이 없는 냄새를 코가 기억하고 그립게 느낀다.

목이 마른 탓인지 오랜만에 입을 연 탓인지 카운터 석 안쪽에 앉은 오카다가 잠긴 목소리로 아이스커피를 주문했다. "아이스"가 잘 안 들려서 가네사다는 "뜨거운 게 아니라 아이스지요?"라고 확인을 했고, 오카다는 "아이스입니다" 하면서 고개를 약간 숙였다.

스테인리스 피처에 가득 담은 우유가 눈앞에 놓이자 오카다는 한동안 물끄러미 보고 있었다. 입에 가져가더니 향을 맡고는 그대로 주저 없이 얼음이 떠 있는 커피에 듬뿍 부었다. 검gum시럽도 반쯤 넣고 한동안 휘젓고 나서 빨대를 빼고 글라스에 입을 가져갔다. 입에 머금듯이 하면서 한 모금 마신다. 두 번째부터는 숨도 쉬지 않고 끝까지 단숨에 다 마신다. 그 일련의 동작을 가네사다는 카운터 일을 하면서, 눈 가장자리로 보고 있었다. 잔을 들어 마시는 오카다의 목을 보면서 젊은 수말 같다고 생각했다.

그러고 나서 글라스에는 손도 대지 않고 뒷벽 기둥 부분에 등을 대고 눈을 감는다. 레코드 리퀘스트도 하지 않는다. 가네사다는 피아노 독주 레코드를 고르고 조금 소리를 줄였다. 오카다는 깊어졌다 얕아졌다 하는 잠에 몸을 내맡긴 채다. 앉은 채 자는 것에 익숙한 것 같다고 가네사다는 느꼈다. 가네사다도 옛날에 앉은 채 잘 수밖에 없는 나날을 경험했다. 앉아서 자면 머리 어딘가는 늘 깨어 있다. 자고 있는 고양이 귀가 소리 나는 쪽으로 움직이는 것이나 같다. 잔 속 얼음이 소리를 낸다. 물방울이 두툼한 종이 코스터를 원 모양으로 불려간다.

　일단 손님이 없어진 타이밍에 가네사다는 오카다에게 말을 걸었다. 아마도 잠은 깨어 있었을 것이다. 그냥 눈을 감고 있는 것뿐이다. 주저와 편안함을 합한 어조로 "이봐요" 하고 가네사다가 말했다. 오카다는 꼼짝도 하지 않는다. 가네사다는 상관하지 않고 말을 이었다. "……뭔가 먹을래요? 내가 먹으려고 양배추 볶음밥을 만들 참인데." 오카다의 귀는 깨어 있었다. 얼굴을 움직이지 않아도 그것은 알 수 있다. 앉아서 눈을 감고 있는 사람이 깨어 있는지, 그냥 자고 있는지, 혹은 죽어 있는지를 구분하기는 쉽다. 말을 걸어도 벌떡 일어나지 않는 것이 마음에 들었다. 그렇지만 조금 성가신 녀석일지도 모른다.

　세 사람분의 볶음밥 중 거의 2인분을 오카다가 먹었다. 게걸스럽게 먹는 것이 아니라 수도승처럼 등줄기를 곧추세우고 묵묵히 입만 움직였다. 가네사다가 일찌감치 먹어치운 것에는 상관하지 않고 숟가락을 입으로 가져가서 소리도 내지 않고 천천히 먹었다. 작은 접시에 내놓은 매실장아찌 두 알은 바로 씨가 되어버렸다. 세 개를 보탰다. 프라이팬에 남아 있는 밥을 권하자 사양하지 않고 접시에 담아준 대로 깨끗이 먹어치웠다. 작은 접시에는 과즙이 없어진 중대가리 매실장아찌 씨가 다섯 개, 둥글게 진을 치고 늘어섰다.

손님이 없어진 테이블을 닦고 있자, 잘 먹었습니다, 라고 오카다는 말하고, 가볍게 머리를 숙이더니, 실례하겠습니다, 하면서 카운터 안쪽으로 들어와 자기 접시와 숟가락을 솜씨 좋게 씻었다. 일련의 동작이 너무 자연스러워서 가네사다는 아무 소리 안 하고 오카다가 하게 두었다. 오카다가 앞을 지나갈 때 다시 달콤한 냄새가 코를 스쳤다.

"걸어서 바로 가까운 곳에 목욕탕이 있어. 기분이 좋아. 온천이고 바다도 보여. 짐은 여기에 두고 개운하게 씻고 와."

가네사다는 카운터 뒤쪽에 있는 좁은 나무 계단을 올라가서 2층에서 갈아입으려고 갖다둔 티셔츠와 트렁크, 타월을 갖고 와서 오카다에게 건넸다. "이거 새거니까, 신경 쓰지 말고 써요. 주는 거야" 하고 말했다. 도쿄의 호텔에서 들고 온 칫솔 세트를 건네자 "감사합니다. 칫솔은 있습니다. 신세 좀 지겠습니다"라고 한다. 가네사다는 연필로 간단한 지도를 그려주었다.

들어온 단골손님이 두 사람의 대화를 잠자코 보면서 앉는다.

아이스커피 값만 치르면 된다고 하자 오카다는 그것만 지불하고, 짐은 가게 구석에 둔 뒤 목욕탕에 갔다.

이 청년이 한동안 여기에 있게 되는 것은 아닐까, 가네사다 속에서 중얼거리는 소리가 들렸다.

"누구야?" 하고 카운터의 단골손님이 가네사다에게 묻는다.

"아, ……여기에서 일할지도 몰라"라고만 가네사다는 답했다.

얼마 있다가 오카다가 가게로 돌아왔다. 가게에는 다시 손님이 늘었다.

"목욕 좋았습니다."

오카다한테서는 비누 냄새뿐 아니라 그 달콤한 냄새도 희미하게 떠돌았다. 목욕탕에서 돌아와서도 말수는 적은 채였다. 가네사다는 아무 확증도 없이 이 불의의 방문객이 오랫동안 도착하지 않던 좋은 기별처럼 느끼기 시작하고 있었다. 가네사다는 나쁜 기별에는 익숙하다. 민감하기도 하다.

오카다는 그러고 나서 더플백을 짊어지고 가네사다가 가르쳐준 셀프 빨래방에 갔다.

셀프 빨래방에서 돌아오자 당연한 것처럼 접시를 씻기 시작했다. 일하는 것이 익숙한 듯했다. 그러나 머리 길이로 봐서 반년 정도는 일을 하지 않고 방랑만 했던 게 아닐까?

가게에는 단골손님이 잇달아 나타났지만 못 보던 젊은 남자가 카운터 안쪽에서 거들고 있는데도 누구냐고 묻는 사람이 없었다. 그만큼 오카다가 가게에 녹아들어 보였는지도 모른다. 오카다에게는 간사이 사람과는 달리 방어하는 듯한 기척이 있었다. 농담으로 어안이 벙벙하게 만드는 것이 아니라 질문을 받아들이지 않는, 장벽 같은 것. 반들반들 잘 닦인 장벽 곡면에 달라붙으려고 해도 일시적인 호기심으로는 미끄러져 떨어질 수밖에 없다.

가네사다가 오카다에게 "오늘 잘 곳은?"이라고 물었다.

"딱히 없어요." 오카다가 대답했다.

오카다가 목욕탕에 가 있는 동안에 단골손님 한 사람에게 가게를 봐달라고 부탁하고 가네사다는 목욕탕 반대쪽으로 걸어서 오 분 거리에 있는 본인 소유의 아파트에 갔다. 빈집의 열쇠를 열고 창문을 열어젖혔다. '오부브'에서 컵이랑 접시, 밥공기, 숟가락, 포크, 부엌칼, 나무젓가락 등을 갖고 왔다. 화장실 휴지도 하나 걸어두었다. 들떠서 준비하는 자기가 조금 이상하다고 생각했지만 동정이나 탐색은 아무런 도움이 안 된다. 무조건적인 도움이 필요할 때도 있는 법이다, 라고 누구에게라고도 할 것 없이 중얼거리고 싶은 마음이었다.

폐점 시간이 되어 손님이 다 빠지고 나서 가네사다는 '오부브' 2층에 있는 방석과 베개를 가져와 오카다에게 주었다. 가게에서 남은 식자재와 핫도그용 코페 빵도 한 봉지 건넸다.

다음 날, 점심시간이 지나서 나타난 오카다는 수염을 깎은 채였다.

햇볕에 그을린 얼굴에서 수염이 사라지자 서른이 채 안 된 젊은 얼굴이 드러났다. 자기도 그 변화를 자각하는지, 어제보다도 조금 눈부신 듯한 눈초리와 어떻게 처신해야 할지 모르겠다는 표정을 짓고 있었다.

"오카다라고 합니다. 어제는 미처 말씀 못 드렸습니다."

오카다의 눈은 맑았다. 충혈되지 않은 눈의 흰자위는 푸른색을 띠고 윤기가 있었다. 가네사다는 비슷한 눈을 가진 사람을 예전에 비슷한 거리에서 일상적으로 보았었다.

"나는 사나이 가네사다. 나도 빠르게 발음하지 못해. 사토 에이사쿠*의 '사佐'에 '나이'는 우치게바**할 때 '우치內'. 가네타카 가오루***의 '가네兼'에 아베 사다****의 '사다'. 가네사다야. 거창한 이름이지만 조상 가운데 무장이나 사무라이는 없어."

가네사다는 웃기려고 말했지만 잘 안 됐다. 가네사다의 자기소개에 조금 당혹한 얼굴로 오카다가 말했다. "이름은 무겁다의 '시계重'에 평화의 '화和'를 써서 '시게카즈'입니다."

간단히 설명했을 뿐인데도 오카다는 요점을 금방 이해하고

---

*   오키나와 반환 협정으로 노벨평화상을 받은 정치가.
**   학생운동에서 의견이 다른 각파 간의 폭력항쟁 혹은 집단 내 내분(內紛).
*** TV 해외 기행 프로그램 창시자인 여행가이자 자유기고가.
****내연남을 살해한 사건으로 유명한 게이샤.

지체 없이 손을 움직였다. 커피는 금방 맡길 수 있게 되었다. "오므라이스입니까? 할 수 있습니다"라고 해서 만들게 했더니 양파는 빠르면서도 꼼꼼하게 다졌고 프라이팬을 흔들고 뒤집는 것도 익숙했다. 가네사다가 만든 것보다 맛있는 냄새가 풍기는 오므라이스는 늦은 점심이 되었다.

레코드를 다루는 솜씨도 꼼꼼했다. 별것 아닌 동작과 낮고 온화한 목소리까지 가네사다가 좋게 생각하는 모든 것이 오카다에게는 갖춰져 있었다. 카페나 식당에서 일한 적 있는 것이 틀림없다. 그러나 경험이 있다고 해서 누구나 오카다처럼 될 수 있는 것은 아니다. 이것만은 센스에 달렸다고 가네사다는 알고 있다. 어디에서 무엇을 했는지 오카다의 전직이나 과거에 대해 물을 생각은 전혀 없었다. 오카다가 몸에 익힌 것이 오카다 자신을 돕고 있다. 그런 이야기다. 가네사다가 오카다를 돕고 있는 것이 아니다.

오카다는 긴 머리를 뒤로 묶고 손톱도 청결하게 자르고 있었다.

어제 굴러 들어왔다고는 생각할 수 없는 모습으로 오카다는 일하기 시작했다.

일하는 오카다의 옆얼굴을 별생각 없이 보고 있으니까 등 뒤에서 누군가가 속삭이는 것처럼 머릿속에서 말이 들려왔다. 오카다는 사람을 죽이지 않았어, 라는 기묘한 단정이었다. 가네사다는 자기 안에서 들려온 불의의 목소리를 의심했다. 불의의 목소리는 방을 잘못 찾은 호텔 손님처럼 자기가 초래한 사태에 놀라서 일순 몸을 움츠리더니 곧바로 등을 돌려 나가버렸다. 그리고 두 번 다시 돌아오지 않았다. 그런데 그 손님은 어떻게 가네사다네 방 열쇠를 갖고 있었고, 갑자기 들어온 것일까?

속삭이지 않아도 그런 것쯤은 안다.

사람을 죽이면 죽인 쪽에도 사라지지 않는 충격과 감각이 남는다. 그것은 손이 미끄러져서 떨어뜨리면 발등이 으깨질 것 같은 강철 공을 통째 삼키는 것이나 같다. 그것이 몸에서 사라지는 일은 없다. 중량감을 지닌 채 두 번 다시 지워지지 않는다. 사람을 죽인다는 것은 그런 것이다. 오카다의 눈에는 그늘이 있다. 그렇지만 오카다는 사람은 죽이지 않았다.

오 년 동안 함께 '오부브'에서 일하면서 두 사람의 대화 내용과 분량은 최소한인 채, 변함없는 일상이 되풀이되었다. 그러나 같은 장소에서 일을 계속하면 말이 아닌 신뢰가 자란다. 물론 신뢰만 자란다고는 할 수 없다. 너무 가까워서 불신의 씨가 떨어지고 이윽고 싹을 틔울 수도 있다. 가네사다와 오카다 사이에는 그런 씨가 파종되고 싹이 틀 기척이 없다. 서로를 신뢰하면서 여전히 거리를 둔 채 그저 시간만이 지나간다.

'오부브'에 나타났을 때의 흙먼지와 땀에 찌든 모습은 이제 어디에도 찾아볼 수 없었다. 흙과 땀과는 별도로 오카다한테서 풍기는 달콤한 냄새도 완전히 사라진 것은 아니었지만, 거의 희미해졌다. 그러나 먹자골목 안쪽 바에서 술을 많이 마신 다음 날—정기휴일 다음 날이니까 월요일 아침— 숙취한 기척 부근에 희미하게 그 냄새를 느끼는 때가 있다. 탐색할 생각은 없지만 가네사다의 코는 민감하게 냄새를 맡는다.

분명한 것은 오카다한테는 남에게 호감을 사고 싶다는 태도가 없다는 것이다. 그럼에도 불구하고 여자뿐 아니라 남자도 매료시켰다. '오부브'의 손님은 최근 오 년 동안 미묘하게 변했다. 재즈뿐 아니라 가게 자체에 끌려서 온다. 즉 오카다가 있는 '오부브'에 신경이 쓰이는 것 같다. 한 시간 정도 걸려서 차로 오는 손님도, 일부러 오사카에서 오는 손님도 있었다. 언덕 위에 있는 호텔의 지배인이 바텐더로 빼가려고 한 적도 있다. 한때는 가게에 올 때마다, "여기가 싫어지면 아무 때라도 우리한테 와"라고 인사 대신 말하기도 했다. 농담 같지만 가네사다보다 열두 살 연하인 지배인은 아마도 진심이었을 것이다.

"바는 중요하지. 특히 호텔의 바텐더는. 호텔의 품격은 바텐더에 따라 달라지거든" 하고 되풀이해서 말했다. 오카다가 "감사합니다"라고만 답하자 이야기는 더 진전되지 않았다.

가네사다는 오카다에게 간섭하지 않는다. 여자관계에도 관여하지 않는다. 물론 상대는 있을 것이다. 가게에 가끔 얼굴을 내미는 여자 손님 중 누군가 한 사람, 그런 게 아닌가 느낄 때가 있다. 확인할 생각도 없고 여자 손님의 모습을 관찰하는 일도 없다.

어느 날 슈퍼에서 쇼핑하고 있을 때, 근처의 전파상 부인이 일부러 가까이 오더니, "당신 가게의 바텐더, 아파트 방에 여자가 와 있더라" 하고 목소리를 죽여서 말했다. "아, 그래요? 그렇구나" 하고 가네사다는 큰 목소리, 웃는 얼굴로 대답했다.

"골치 아픈 일이나 되지 않았음 좋겠는데……." 가네사다의 태평한 목소리에 전파상 부인은 이야기할 마음이 꺾인 것 같았다. 오카다가 사는 아파트를 '사원 숙소'라고 부르고 집세는 받지 않았다. 월말 월급에서 지난달분의 가스, 전기, 수도 요금만 제하고 명세서와 함께 건넨다. 오카다한테서 그렇게 해주었으면 좋겠다고 부탁받았다. 월급봉투를 주면서 "적어서 미안해"라고 한 적도, "그만두고 싶으면 아무 때라도, 단 조금만 일찍 말해줘"라고 한 적도 있다. 오카다는 양손으로 월급봉투를 받아들고 "감사합니다"라고 예의 바르게 인사한다.

'네'라고만 하고 가네사다를 똑바로 보고 웃을 때도 있다. 별로 웃지 않는 이 남자의, 이런 미소에 끌리지 않을 사람은 없을 터다. 가네사다는 볼 때마다 생각한다.

가네사다에게는 배우자도 아이도 없다. 가게는 물론 자기의 사소한 예금을 포함해, 죽으면 그대로 오카다에게 넘기면 된다. 가네사다는 당연한 일처럼 생각하고 있었다.

그렇게 생각하게 된 것은 작년 겨울부터다. 모처럼 추운 아침 이불 속에서 눈을 뜨자 코와 귀가 차갑게 느껴졌다. 건조한 공기 속에서 오카다의 눈을 닮은 남자에 대한 기억이 가네사다의 깊은 내면에서 떠올랐다. 가능한 한 들여다보지 않으려는 기억 속에 남자는 여전히 거기 있었다. 그는 아무것도 달라지지 않았다. 그을음과 때로 뒤덮인 시커먼 얼굴이었다. 아름다운 눈이었다. 오카다와 똑같이 과묵했다. 눈을 밟는 자신들의 발소리와 숨소리밖에 들리지 않는 숲에서 딱따구리가 나타나면, 그것을 열심히 눈으로 좇았다. 남자는 어느 날, 셔터를 내리듯 죽어버렸다.

3

아홉 형제의 막내인 가네사다는 제사에는 되도록 참석하자는 생각이지만 원래 친척하고의 교류를 좋아하지 않았다. 제사이외에 도쿄에 간다면 오사카 공연이 없는 재즈 콘서트에 가거나, 긴자의 단골가게에서 옷을 맞추거나, 친구의 장례식에 참석하거나 하는 개인적 용건에 한정되어 있었다. 그런데 도쿄에 간김에 큰형의 아들 즉 조카인 고이치네에는 미리 전화를 걸고들러 차를 마시면서 한동안 혼자 공연하듯이 농담을 날리다가자지도 않고 그럼 간다 하고 돌아온다.

그 정도의 지나가는 바람 같은 방문이었기 때문에, 고이치네에서도 부담스럽게 느끼지 않았을 것이다.

가네사다가 자란 곳에 고이치네 집이 있다. 그러나 목조 단층

집은 옛날에 재건축되어, 회색 모르타르 이층집으로 바뀌었다. 동네 경치도 바뀌었다. 변하지 않은 것은 도로 폭과 골목 위치 정도로 단독주택이 있던 부지에는 어느 틈엔지 집장사들 집이 너댓 채 어깨를 맞대고 있다. 고양이나 개가 드나드는 생울타리는 이제 보이지 않는다. 나무 전봇대는 콘크리트제가 되고 짙은 쥐색 진흙이 모이는 하수구에는 뚜껑이 덮였다.

가네사다가 어릴 때 올려다보던 히말라야 삼나무도 어느 틈엔지 마당에서 모습이 사라지고, 커다랗고 당당했던 철쭉과의 낙엽관목은 전지되어서 작아졌다. 가부키몬*을 지나 마당 서쪽을 가로질러 현관까지 이어진 디딤돌도 없다. 현관 위치도 남향에서 북향으로 바뀌었다.

단층집이었던 시절의 집이 그립냐고 하면 그것은 아니다. 두 번 다시 이 집에는 오지 않겠다고 결심한 적도 있었다. 아무런 인연이 없는 타관으로 옮겨간 것은 여기를 벗어나려고 결심한 뒤의 일이다. 아버지만큼 나이 차가 있는 큰형인 구와타로는 가네사다가 멀리 떨어진 바닷가 마을에서 살게 되었을 때, 귀찮은 짐을 털어버리게 되었다고 한시름 놓았을 것이다.

사리하마에 옛날부터 알던 사람이 있어서 일을 소개받기로 했어요, 라고 가네사다는 거짓말했다. 아는 사람 따위는 없었

---

* 기둥 위에 가로대를 건너지른 주로 지붕이 없는 문.

다. 사리하마에는 제대한 뒤에 별일 아닌 일로 한 번 혼자 여행을 갔을 뿐이다. 온천지다운 느긋한 공기와 바다 전망이 눈부시고, 그런 풍경 속에서 태어나고 자란 인생을 나는 모른다고 생각했다.

도시 어디에서도 조금만 걸어가면 바다가 보였다. 도쿄는 물론 오사카에서도 멀다. 도쿄로 돌아가는 기차를 기다리는 동안에 언젠가 여기에서 살겠다고 가네사다는 결정했다. 하얗고 둥근, 손바닥 안에 쏙 들어갈 크기의 돌을 해변에서 주워 도쿄로 가져왔다.

태평양 연안의 사리하마에 인접한 도시와 마을에는 미국으로 이민을 떠나보냈던 지역이 몇 군데 있었다. 태평양 저 너머 이웃 나라라는 미국이라는 상상의 지도가 부풀어 올랐다. 가네사다보다 훨씬 젊은 청년이 요트로 니시노미야를 출발해 사리하마의 먼바다를 빠져나가 태평양으로 나아가서 두 달 뒤 샌프란시스코에 도착했다. 가네사다는 돈을 모아서 언젠가 배를 타고 미국에 가려고 진지하게 생각했다. 우선 서쪽 해안인 샌프란시스코에서 당분간 일하다 언젠가는 뉴욕으로 옮겨간다. 일 달러=삼백육십 엔으로 계산하면 가네사다의 예금 가지고는 한두 달밖에 지탱하지 못하고, 일이 없어지면 바로 길에서 헤맬 것을 알았다. 우체국예금 잔고를 가끔 삼백육십 엔으로 나누어보는 습관이 생겼다.

혼자 먹고사는 것이라면 어디에서 살든 어떻게든 된다. 사리하마에서 잘 안 되면 고베 주변으로 가도 된다. 혈육과 멀어지는 것 이외에 바다가 보이는 도시, 언덕이 있는 도시라는 것이, 가네사다의 사소한 조건이고 바람이었다.

사리하마에 겨우 다다라서 싼 아파트를 찾아내고 보험회사 영업소에 이력서를 내자, 싱거울 만큼 바로 채용이 되었다. 영업 경험이 있다는 것, 말을 잘한다는 것, 붙임성 있는 성격이 소장의 마음에 든 것 같았다. 반년 뒤에는 담당 구역에서 1, 2위를 다툴 만큼 계약 건수를 올리게 되었다.

"여기 오길 잘했어. 저쪽은 너무 고지식하고 답답해서 말이야, 아무래도 자네는 좀 경박하다는 말을 들었을 거야." 소장은 득의양양해서 말했다. 경쟁회사를 '저쪽'으로 부르고, 절대로 회사명은 말하지 않는다. '저쪽'은 일반 가정주부가 상대다. 이쪽은 소매상이나 공장, 음식점 등 중소기업 오너나 거기에서 일하는 종업원에게 중점을 두고 휴게시간 같은 편안한 시간대를 노려서, 전병이라든가 과자, 새로 출하된 담배 같은 것을 선물로 들고 가서 보험 내용을 이야기했다. 그것이 소장이 개척한 방법이었다. 온천가니까 작은 가게는 얼마든지 있다. 그렇게 해서 이쪽과 저쪽은 구분이 되어 있었다. 나중에 '오부브'를 개점하기 위해 헐값에 산 카운터 바의 오너도 가네사다가 약속도 없이 찾아가서 계약을 성사시킨 사람 중 하나였다. 나중에 그

오너가 병에 걸려 가게를 유지하기가 어려워질 것은 아무도 예상하지 못한 일이지만 보험이 도움이 되었다고 고맙다는 말을 들었다.

사리하마에서의 생활이 안정되자 도쿄의 친척하고는 바로 소원해졌다. 단, 연하장만은 반드시 보냈다. 제사에도 참석했다. 친척 중 누군가가 사망하면,─그 기별은 구와타로가 아니라 큰누나인 기쿠에가 보내왔다─ 곧장 화장터로 갔다. 그런 짓을 계속한 것은 자기가 패주한 것이 아니라 스스로 거리를 둔 것이라고 자신을 납득시키기 위해서였다.

예전의 가네사다를 아는 사람들, 가네사다가 멀리하는 계기가 된 형제와 친척이 하나둘 이 세상에서 사라짐에 따라, 그간의 사정을 모르는 조카나 질녀 들이 어쩌다 나타나 농담만 하는 가네사다를 재미있어하고 구애되지 않는 미소를 보이게 되었다.

큰형인 구와타로와 큰누나인 기쿠에가 연말연시를 끼고 잇달아 사망한 것은 보험회사를 퇴직하고 모아놓은 자금으로 개업한 '오부브'에 단골손님도 성기고, 그때 같이 구입한 아파트에도 세입자가 들어와 이 정도면 해나갈 수 있다는 전망이 섰을 무렵이었다.

형과 누나의 장례식은 가네사다를 다소곳한 마음이 되게 하였다. 고별식을 마치고 화장터에 가서 구와타로의 뼈가 하얀 골

함에 담기고 뚜껑이 덮였을 때, 태워서 뼈가 된다는 것은 정화이기도 하다고 혼자 납득했다. 살아있는 동안 끌어안고 있었던 악의나 사념, 부덕 따위를 마지막에 한꺼번에 태워버린다. 그것에는 본인이 끌어안고 있었던 것뿐만이 아니라 다른 사람이 구와타로에게 품고 있었던 악의나 사념도 포함되어 있는 것이 아닐까? 그 모든 것을 먼저 이 세상에서 태워서 정리한다. 화장은 방역, 위생상의 이점도 있지만 그보다도 생사를 경계로 무엇인가를 청산해버리려는 인간의 과감한 지혜인 것이다. 가네사다는 그렇게 생각했다. 땅에 그대로 묻혀서는 정화가 되지 않는다. 모든 것이 남겨진 채가 된다. 그 두려움을 불로 바꿔서 죽은 자를 재가 될 때까지 태우기로 한 것이 아닐까?

구와타로의 고별식 전날의 밤샘 추모에서 돌아온 가네사다는 호텔 침대에서 꿈을 꾸었다.

긴 방한 장화를 신은 가네사다가 눈 덮인 땅을 소형 삽으로 파고 있다. 장갑 안쪽의 사소한 습기도 놓치지 않고 얼려버리는 냉기가 가네사다 속으로 스며든다. 눈을 치워 나가자 까맣게 언 흙이 나타난다. 소형 삽을 꽂은 동토는 싱거울 만큼 부드러워 마치 일본의 흙 같다. 왜 이렇게 부드러울까 의아해하면서 계속 파 내려간다. 그리운 흙내. 판 흙은 구덩이 주위에 쌓아 올린다. 깊이가 자기 키만큼 되기를 기다리고 있었던 것처럼 등 뒤의 구덩이 위에서 "이제 됐겠지"라는 소리가 들린다. 돌아보자 역

광 속에 덩치 큰 남자가 서 있다. 얼굴은 보이지 않는 까만 실루엣이다. 남자는 뒤에 있는 여러 명의 남자들 손을 빌려 로프로 묶은 커다란 포대, 시체가 들어 있다고 바로 알 수 있는 포대를 단호하게 구덩이 안으로 내리기 시작한다. 구덩이는 서너 명이 서면 꽉 찰 직경밖에 안 된다. 가네사다는 까만 흙벽에 등을 붙이고 눈앞을 내려가는 포대를 보고 있다. 포대가 구덩이 바닥에 닿자, 위쪽으로 시체 정수리가 보인다. 일본인의 까만 머리카락 위를 하얀 눈이 금방 덮어간다. 포대를 맸던 굵은 마 노끈이 탁하고 떨어진다. 그 바람에 포대 위쪽이 젖혀져서 시체 이마가 드러난다. 눈썹 위에 커다란 사마귀가 있다. 이마 형태도 이마의 주름도 안다. 까만 구덩이 안은 바깥보다 훨씬 따뜻하지만 포대의 시체도 포대도 얼음덩이처럼 찬 걸 깨닫는다. 가네사다는 목소리가 되지 않는 절규를 지르면서 소리쳐도 목소리가 되지 않는 공포에 또 소리 지른다. 소형 삽을 구덩이 밖으로 내던지고 차갑고 딱딱한 포대를 걷어차듯이 하면서 구덩이에서 기어 나온다. 구덩이 바깥에 남자들은 없었다. 설원을 시커멓게 더럽히고 있는 흙을 가네사다는 무엇인가에 쫓기듯이 소형 삽으로 구덩이 속으로 떨어뜨린다. 구덩이에 떨어진 흙 위로 한 프레임, 한 프레임, 필름이 넘어가듯 슬로모션으로 서리가 내린다. 시체 포대 주위가 흙으로 가득 차고, 머리 꼭대기만이 남았다. 가네사다는 주저하지 않고 흙을 끼얹는다. 머리 꼭대기는 금방 보이지 않게 된다. 작은 산이 생길 때까지 흙을 계속 끼얹는다. 작은 산을 소형 삽으로 정리하고 있자 먼 지평선에 작게 까만 기관차가 나타나 기적을 울린다. 가네사다를 노리듯이 기관차가 달려온다. 새하얀 대량의 연기. 저 기관차를 타면 여기에서 도망칠 수 있다. 가네사다는 소형 삽을 꽉 쥔 채 10미터 정도 떨어진 철로를 향해 뛰기 시작한다. 눈이 발을 붙들어 좀처럼 앞으로 나아갈 수가 없다. 오른손을 흔들면서 소리친다. "태워줘"라고 소리쳤을 텐데. 와아와아 하기만 하지 말이 되지 않는다. 기관차는 서서히 속도를 낮춘다. 가네사다를 알아본 것이 분명하다. 눈 때문에 균형을 잃고 쓰러질 뻔해서 무턱대고 팔만 흔들면서 와와 하고 드높이 소리를 지른 순간, 기관차는 다시 속도를 올리더니 가네사다를 태울 기척을 완전히 버리고 눈앞을 지나쳐간다. 화물차라고 생각되는 까만 찻간에는 낯익은 작은 유리창이 붙어 있다. 쇠창살이 끼워진 작은 창 너머에는 생기 없는 얼굴들이 빼곡히 늘어서 있다. 모든 찻간에 가네사다를 공허하게 보는 눈들이 늘어선 창이 있었다. 열차는 얼어붙은 금속음과 진동을 남기고 다시 절망적으로 작아지더니 연기만이 휘날리고 보이지 않게 된다. 가네사다 손톱 끝에, 손가락 끝에 아플 정도의 냉기가 스며든다.

눈을 뜨자 어두운 호텔방에 희미하게 하얀빛이 들어오고 있었다. 커튼을 닫은 유리창 틈새로 들어오고 있는 것은 새벽녘의 여명이었다.

가네사다는 꿈의 여운을 끌고 구와타로의 고별식에 참석했다. 꿈에 대해 이야기할 상대는 어디에도 없었다. 삼 개월 후에 오빠를 따라가듯이 급사하는 큰누나 기쿠에가 출관 전에 친척 대표로 인사를 했다. 구와타로의 아내는 열이 나서 누웠고 장남인 고이치는 맹장으로 입원중이었다. 기쿠에의 트레이드마크인 생기 있고 전달력 좋은 목소리는 어디 가고 가냘프고 쉰 늙은 목소리였다. 기쿠에의 까만 상복이 기관차의 까만색처럼 겨울날의 광선을 빨아들여 숨 쉴 때마다 희미하게 움직였다.

구와타로를 화장하는 동안, 대기실에 모인 친척들은 비로소 긴장을 풀었다. 가네사다의 농담에 웃음소리도 났다. 기쿠에는 여동생과 이야기하면서 미소를 띠고 있었다.

아무 걱정 없는 태평한 얼굴로 이야기하면서 가네사다는 입에 올리지 않는 것을 무거운 추처럼 끌어안고 있었다. 고지식한 친척들 앞에서 소탈하고 편안하게 이야기할 수 있게 된 것은 이렇게 잇달아 구와타로와 기쿠에가 죽고 나서이다. 이제는 구애받을 것이 아무것도 없다는 듯이 신경 쓰지 않고 농담을 했다. 형제들하고 멀어지게 된 사건을 잊은 것은 아니다. 기억을 소환하는 힘이 약해졌고, 문득 정신을 차리고 보니 어느덧 썰물이 되어 있었던 것이다.

평평해진 모래사장은 넓고 둔탁하게 빛나고 있었다. 여기저기에 둥그런 작은 돌이 남겨져 있었다. 가네사다의 발을 끌어당기고 먹어버리려는 바다는 이제 여기까지 밀려오지 않는다. 그래도 젖은 모래를 밟으면 발 형태 그대로 부드럽게 가라앉고, 밀려갔을 터인 바닷물이 스민다. 위태로운 밸런스 위에 있는 평온.

도쿄에 갈 때는 히비야의 제국호텔에서 묵기로 정해놓고 있었다. 제국이라는 호텔 이름에 대한 위화감은 이미 없었다.

사치인 것은 알고 있지만, 양탄자 위를 가죽구두로 걷는 감촉은 사리하마에서도 고이치네 집에서도 맛볼 수 없는 것이었다. 어떤 구두를 신고 어디를 어떻게 걸을 건가? 누군가 때문에 수동적으로 걷게 되는 것이 아니라 자신의 의지로 걷는다. 그 고마움을 가네사다는 누구보다도 잘 안다. 자기가 선택한 가죽구두로 어디든 평평하고 단단한, 그러면서도 부드러운 호텔 로비를 걷는 감각은 가네사다에게 특별한 의미가 있었다.

도쿄에 가면, 여기가 자신이 태어난 곳, 여기에서 자랐다는 마음이 되살아난다. 그러나 시내를 걷고, 야마노테 선이나 소부선에 몸을 싣고 흔들릴 때마다, 주위의 공기가 낯설게 느껴졌다. 이 쌀쌀함이 바로 도쿄라고는 알고 있지만 어깨를 부딪치고 등을 밀어놓고도 혀를 차는 인간들이 몸을 접촉해오는 것은 참을 수가 없다. 사리하마는 사람과 사람 사이에 거리가 있다. 모르는 사람하고 오랫동안 몸을 대고 있어야 하는 곳이 사리하마에는 없다.

역에서 환승할 때, 이상할 만큼의 속도로 부딪치지 않고 오가는 사람들 틈에 섞여 있으면 자기가 눈에 보이지 않는 커다란 생물에게 삼켜져 씹히면서 걷고 있는 것 같다. 그러는 동안에 자기와 남의 생각이 얼마나 다른지 알 수 없게 된다. 해야 할 일, 공복, 걱정거리, 오늘의 뉴스, 지갑에 들어 있는 돈, 일기예보…… "오늘 여기에서 살해당할지도 모른다"라고 두려워하는 사람은 아마 없을 것이다.

대열을 짜고, 영하 20도의 눈길을 걸을 때, 우리는 하나의 덩어리처럼 정렬되어 있었다. 정렬된 행진만이 허락되었다. 그래도 한 사람 한 사람의 의식은 각각이었다. 무엇을 생각하고 있는지 알 수 없는 개인들이 늘어서 있다. 죽을지 살지의 경계선상에 자기가 있다고 느끼는 것은 아마 모두 똑같을 것이다. 생사의 갈림길에서 떨어지려고 할 때, 살려줄 동료는 하나도 없다. 모두가 자기 사는 것만으로도 벅차다. 정연하게 대열을 짜도 아무도 손을 대지 못하게 하려는 강한 의지가 없으면 갑자기 열에서 튕겨 나가 낙오되고 그대로 죽을지도 모른다. 살아남는다는 것은 그런 것이다. 비록 같은 포로와 등을 맞대고 자야 해도, "나한테 닿지 마라!"라고 밤새 염원한다.

가네사다가 도쿄의 본가를 떠날 때, '보통 사람들이 만든 세상'에서 떠나, '사람이 아닌 사람들의 나라'로 가려고 했던 것은 아니다. 혼자 도쿄를 떠나는 것. 그 거리감이 필요했던 것이다.

사리하마도 보통 사람들이 만든 세상인 것은 똑같다. 도쿄에서 완전히 떨어진다는 것은 두 번 다시 돌아가지 않는다는 것이 아니다. 사나이라는 성을 버릴 수 있는 것도 아니다. 살아있는 한, 자기 몸에서 도망치지 못하는 것이나 같다.

조카인 고이치가 "아들을 당분간 맡아주실 수 있을까요?"라고 연락해온 것은, 비록 다소의 문제가 있어도 같은 강의 흐름에 당신의 노를 담가줄 수 있겠습니까? 하는 의미였을 것이다. 갈라졌을 터인 강이 다시 하나의 강으로 합류하려나—까지는 생각하지 않았지만, 멀리 떨어져 있을 터인 강 소리가 다시 들려오는 것 같았다. 기억에 남아 있는 수량과 물의 속도.

족보에서 보면 큰형네 가장 아래에 새끼 원숭이처럼 매달려 있는 것이 고등학생인 가오루이다. 여름 동안 사리하마에서 지내고 싶다는 가오루의 희망사항을 듣고 가네사다가 거절할 이유는 없었다. 그러나 그 선이 가늘고 이렇다 하게 눈에 띄는 점이 없는 고등학생이 구태여 여기서 지내고 싶다니 도대체 무슨 연유일까? 가네사다를 나쁘게 생각하지 않으니까 이런 곳에 오겠다는 거겠지. 사리하마는 흔해빠진 관광지이고, 있는 것이라고는 온천과 바다뿐이다. 바다는 그렇다 치고, 남자 고등학생이 즐길 만한 특별한 것이 있다고는 생각되지 않는다. 그 점이 의외이고 이상하기도 했다. 음악을 좋아하는 것은 알고 있었다. 듣는 것은 록 중심이지만 재즈도 좋아한다고 말한 것은 재작년

제사 때였다. 누구를 좋아하냐고 묻자 부끄러운지, 마일스 데이비스라든가 콜트레인이라든가, 뻔한 이야기를 할 뿐 그 이상은 말하지 않았다. 피아노나 비브라폰도 좋아하는 것 같았다. 빌 에번스? 네. 밀턴 잭슨? 네네. 음악 취향을 질문받으면 대답이 궁한 마음은 잘 알았다. 바보 같은 질문이었다고 가네사다는 반성했다. 음악이니까 이러쿵저러쿵하지 않고 마음 가는 대로 들으면 되는 것이다.

그렇다고는 해도 요즘 고등학생의 머릿속은 상상도 되지 않는다. 한창때의 남자가 어쩔 줄 모르는 욕망을 주체하지 못한다, 그런 정도는 알고 있다. 그런 건 질문할 필요도 없다.

초등학교부터 십 년 이상, 아침부터 밤까지 학교에 갇혀서, 똑같은 교실, 똑같은 책상, 똑같은 의자에 앉아서, 대개 재미없는 수업을 듣고, 시험을 치고, 성적이 매겨진다. 학교 교육에 이렇게 많은 시간을 들이는 것은 공부만이 목적이 아니기 때문이다. 행실이라든가 도덕이라든가, 학교는 인간 형성을 목적하는 곳이라는 듯이 운영되는 것도, 다루기 편한 인간을 하나라도 더 많이 만들어내고 싶기 때문일 터다. 교과서에 쓰여 있는 일 따위, 하룻밤이면 뒤집힌다. 게다가 대학 입시를 위해서 입시학원에 다니고, 매일 밤늦게까지 공부해야 한다니, 도대체 무슨 저주가 걸린 것일까 불쌍해진다.

옛날에는 젊어서 결혼하고, 여덟이든 아홉이든 애를 낳았지만 그들 중 한둘은 어릴 때 죽었다. 지금은 기껏해야 두서너 명 낳고 병사하는 일도 좀처럼 없다. 아이가 적어지면, 부모가 자유롭게 방임하려는 마음이 줄 것이다. 계속 돌보고 간섭해서 마음대로 어른이 될 틈도 없다.

사람은 어떻게 어른이 되는가, 묻는다면 "어느 틈에"라고 답할 수밖에 없다. 젊을 때의 충족되지 않는 욕망은 도대체 얼마만큼이었을까? 자신의 일로 되새겨보기에는 너무 나이를 먹었다. 아니, 그렇게 말하면 거짓말이 될지도 모른다. 가네사다 같은 나이가 되어도 냉장고 깊숙이 있는 잊힌 건어물 정도의 괴로움은 있다. 연륜이나 경험으로 쉽게 사물을 단순화하는 것은 노인의 나쁜 버릇이다. "실컷 놀면서 면역력을 키우면 돼." 그런 말도 안 되는 말이 통용하는 시대가 아니라는 것도 알고 있다. 뭐, 나머지는 자기가 알아서 어떻게든 하는 수밖에 없지.

그 성격이라면 극단적인 짓은 안 할 거고 하지도 못할 것이다. 오카다도 있는 아파트에는 빈방이 아직 있다. 1층의 욕실 딸린 방에 있게 하면 오카다가 나름 신경을 써주겠지. 길거리에 다니는 개나 고양이를 보면 오카다는 언제나 쭈그리고 앉아 기회만 되면 길들이려고 한다. 남자 고등학생 따위 강아지나 같다. 다루기 어렵거나 주체하지 못할 일은 없을 것이다.

고이치는 묘하게 고지식한 말투로 자기 아들에 대해 계속해서 설명했다. ······얌전한 건지 고집이 센 건지······ 조금 까다로운 구석은 있지만 폐는 끼치지 않을 겁니다. 가네사다가 별 반응을 보이지 않자, 오히려 굽실거리는 태도가 짙어진다. 그 또한 번거롭다. 가네사다의 판단의 토대가 된 것은 가오루가 스스로 희망했다는 사실이다. 그렇다면 오면 되지. 그뿐이다.

"돌봐주지는 못하겠지만 욕실도 있고 이불도 있어. 점심하고 저녁은 가게로 오면 밥은 먹여줄 수 있지. 반려동물한테 밥 챙겨주는 셈이려나…… 단, 아침은 본인이 해 먹어야 해. 쓰지 않는 토스터와 주전자는 있어. 전기밥솥은 없고. 접시나 젓가락은 얼마든지 있어. 뭐 어쩔 수 없지. 강아지 키우는 것보다는 손이 갈지도 모르지만."

고지식한 조카 고이치가 수화기 너머에서 말문이 막혀 절절 매고 있다. 가네사다는 그 침묵을 그저 흘려보내고, 벽에 걸린 달력을 보고 한여름의 길이를 눈으로 재보았다. 아마도 가오루에게는 길겠지만 자기에게는 눈 깜짝할 사이에 지나갈 여름일 것이다. 일주일이 열 번도 안 된다. "언제 와도 되니까." 굳이 신통치 않은 간사이 사투리로 말했다. 친척하고 이야기할 때, 보통은 간사이 사투리를 쓰지 않는다. 일상적으로도 별로 쓰지 않는다. 오카다도 가네사다가 간사이 사투리를 쓰는 것을 어쩌다 한 번씩밖에 들은 적이 없다.

"죄송합니다. 아, 아니, 저 감사합니다."

수화기 너머의 고이치의 딱딱한 목소리를 들으면서 가네사다는 "안 무니까 사슬로 묶지 않아도 돼요. 돕거나 하지는 못하겠지만." ―정도로 받아치지 못하는 것이 답답하다. 그렇지만 도쿄 사람이 그런 농담을 할 리 없다. 오랫동안 간사이 쪽에서 살다 보면 도쿄의 인간들이 뼈저리게 재미없게 느껴진다. "빨래, 청소, 쇼핑은 자기가 해야 할 거야. 할 마음이 있으면 가게를 도와도 돼. 바다와 온천밖에 없는 곳이니까 금방 싫증 나겠지만 말이야."

4

　가오루는 도착한 다음 날부터 가게에 와서 나름대로 심부름을 했지만 설거지든 청소든 익숙해지기까지 조금 시간이 걸렸다. 집에서도 어머니를 거들었지만 평소 잘 쓰지 않던 접시와 컵, 포크와 스푼이 좀처럼 손에 익지 않았다.

　제일 당혹스러운 것은 손님 응대였다. 물론 긴장은 한다. 주문받는 것은 생각보다 어렵지 않았다. 그러나 식사와 음료 주문이 동시에 네 개 이상 몰리면 하나는 잊어버린다. '오부브'에서는 주문표를 쓰지 않는다. 메뉴에 있는 음식이나 음료 종류가 많지 않으니까. 익숙해지면 쓸 것까지 없다는 것이다. 주문이 많아지고 필사적으로 외우려고 하면 할수록 머리에서 새어 나간다.

　작은 가게니까, 오카다에게 손님 목소리가 들린다. 가오루가 주문을 전하러 와서 "……이상입니다"라고 하면, "피클도지?"라고 오카다가 낯빛도 바꾸지 않고 덧붙인다. "……그렇네요. 피클도 있습니다."

주문표 대신 이걸 쓰면 좋아, 라고 오카다가 가게의 둥근 코스터를 줬다. 하얀 바탕의 코스터에는 조각칼로 판 듯한 '오부브'라는 글자와 나뭇조각 풍의 등산화가 짙은 갈색으로 인쇄되어 있다. '오부브'는 러시아어로 '구두'라는 의미 같았다.

가오루는 삼색 볼펜의 까만색으로 코스터 뒷면에 식사 메뉴를 쓰고, 앞쪽 여백에는 음료 메누를 썼다. 주문을 받을 때마다 거기에 작게 '바를정正' 자를 한 획씩 덧붙인다. 오카다에게 말하고 나면 그것에 파란색 동그라미를 친다. 손님한테 서빙하고 나면 빨간색으로 지운다. 손님이 올 때마다 가오루의 가슴주머니에서 삼색 볼펜과 코스터가 나왔다 들어갔다 한다.

가게 문을 닫은 후 뒷정리와 청소를 마치면 가오루는 아침식사용으로 삶은 계란과 채소, 빵 같은 것을 받아 챙긴다. 아파트에는 가네사다가 준비해둔 작은 중고 냉장고가 있다. 텅 빈 냉장고에는 우유와 버터, 오렌지주스가 들어 있다. 예전에 가게에서 썼다는 오래된 토스터도 빌렸다. '오부브' 2층에 접혀 있던 낡은 앉은뱅이 밥상이 유일한 가구이다. 두툼한 하얀 접시와 컵은 가게 것이다. 나이프와 포크, 숟가락도 아파트보다 훌륭하고 무게가 있다. 앉은뱅이 밥상과 전혀 어울리지 않는다. 가네사다가 일부러 고베까지 가서 사 온 것 같았다.

아침은 혼자 다다미에 단정하게 무릎을 꿇고 앉아서 먹고, 점심은 가게 문을 열기 전에 가네사다가 만드는 스파게티나 볶음밥을 같이 먹는다. "언젠가 만들어봐"라는 가네사다의 말에 가오루는 잠자코 고개를 끄덕였지만 자기가 만들 수 있으리라고는 생각도 하지 않았다. 점심때의 혼잡이 지나고 나서 늦은 점심을 먹을 때도 있다. 그럴 때는 오카다가 재빨리 준비한다. 저녁도 역시 오카다가 만든 것을 2층에 가져가서 혼자 먹는다. "밖에 나가서 먹고 싶으면, 그렇게 해"라고 오카다는 말하지만 밖에 나가고 싶다는 생각은 없다.

오카다에게도 가네사다에게도 웃는 얼굴을 거의 보이지 않고 가오루는 조신하게 심부름에 전념했다. 먹을 때도 잠자코 먹었다. 사실은 도착하자마자 여기 오길 잘했다라고 가오루는 느끼고 있었다. 긴장은 되지만, 해방되고, 안심이 되었다.

학교가 없다. 부모도 없다. 집으로부터도 학교로부터도 멀리 떨어져 있다. 그것만으로도 마음이 편하다. 아파트의 방은 텅 비고 아무것도 없지만, '오부브'에 가면 선반 가득 레코드가 채워져 있고 계속 음악이 울린다. 도쿄의 집이 그리운 순간은 거의 없다. 다로가 어떻게 지낼까 가끔 생각한다. 어깨 부근이나 앞다리, 배 부근을 열심히 핥는 검은 고양이 다로는 중성화 수술을 했기 때문에 배에 봉합 흔적인 하얀 줄이 있다. '다로의 초

승달'이라고 어머니는 부른다. 다로는 가오루가 없어도 아무렇지 않을까?

가오루는 음악이라면 뭐든지 들었다. 재즈도 좋아했다. 게다가 이렇게 좋은 소리로 듣는 것은 처음이었다. 집에서 듣는 소리와는 완전히 달랐다. '오부브'의 스피커나 플레이어, 앰프는 본 적도 없는 외국제인데다 길이 들어 고풍스러웠다. 소리는 입체적이고 악기별로 선명하게 구별되었다. 어떤 레코드는 눈앞에서 연주하는 것처럼 느껴질 때도 있었다.

가게를 닫고 청소하면서 듣는 빅 밴드의 남성 보컬이 좋았다. '비 와이스Be wise, 비 페어Be fair'로 시작되는 '투 클로스 포 컴포트Too close for comfort'라는 노래가 특히 마음에 들어서 가사 삽지를 확인해봤다. '비 와이스'는 '현명해져라' '비 페어'라는 것은 무슨 뜻일까? 정직하게? 당당하게? 아름답게? '투 클로스 포 컴포트'는, 그녀와의 거리가 너무 가까워서 진정이 되지 않는다, 라는 노래 같았다. 가오루에게 너무 가까운 그녀 같은 존재는 없지만 의미는 알 수 있었다.

손님하고의 대화는 아직 서툴렀다. 노래처럼 너무 가까워서 진정이 되지 않는다. 그렇지만 그것은 자기 혼자 느끼는 갈등일 것이다. 뚫어지게 보는 손님도 없었고, 대답하기 곤란한 질문도 없었다. 긴장한 채 어색하게 심부름하는 고등학생한테 말을 거는 사람은 가네사다의 지인들이었다. 근처 세탁소 주인은 가네사다가 아끼는 알로하셔츠를 드라이해서 가져와서는, "가네 씨 손주야? 아니면 어딘가에서 난 자식?"이라고 농담을 했지만, 그 이상은 이야기하지 않고 그 뒤로는 상관하지 않았다.

가게 청소가 끝나면, 라이트 박스 간판—네모날 뿐 디자인은 코스터하고 똑같다—을 가게 안에 들여놓고 문 열쇠를 잠그고 오카다하고 같이 아파트까지 걸어간다. 하루걸러꼴로 "나 잠깐 어디 들려 갈게"라고 오카다가 말하면 도중에서 헤어진다. 바닷가 근처에 있는, 보기에도 여자가 운영할 것 같은 이름의 바 '가틀레야'에 가는 것이다. "같이 갈래?" 웃는 얼굴로 한 번 물어왔지만 안 가리라는 것을 전제로 묻는 것을 안다. "아니요"라고 가오루는 부자연스럽게 웃으며 말할 수밖에 없다.

"해변까지 가면 별이 예뻐"라고 오카다가 말했다. 일단 아파트에 가서 목욕을 하고 혼자 해변까지 걸어가보았다. 모래사장 군데군데 인기척이 느껴졌지만 어두워서 누가 무얼 하는지는 알 수 없었다. 보이지 않는 파도 소리는 낮보다도 크게 들린다. 떨어진 곳에서 누군가가 담배에 불을 붙인다. 조금 있자 담배 냄새가 난다.

본 적이 없을 만큼 많고, 크고, 밝은 별이 하늘을 가득 메우고 있었다. 양손을 허리에 대고 뒤로 젖히듯이 하자 지평선과 수평선의 감각이 사라지고 자기가 어떻게 서 있는지 알 수 없어진다. 머리가 어질어질하고 몸이 균형을 잃는다. 파도 소리만이 가오루가 아직 지구에 있다는 것을 전해준다.

　욕조에서 미처 내보내지 못한 공기를 파도가 밀려오는 소리에 얼버무리듯이 조금씩 내보낸다. 주위를 둘러보았지만 어두워서 아무것도 보이지 않는다. 리놀륨 바닥에 고무공을 문댄 정도의 소리. 사람 소리도 기척도 없다. 이번에는 커다란 파도 소리에 맞추어 복근에 힘을 주고 성대하게 소리를 낸다. 배의 팽만감이 가라앉는다. 그리고 또 한 번. 가오루는 푸휴 하고 소리를 내고, 그러고 나서 심호흡을 했다. 왠지 우스워져서 소리 내지 않고 웃었다.

　모래사장에서 돌아오는 길에 오카다가 들르는 바 '가틀레야' 조금 앞쪽에서 두 그림자를 보았다. 한쪽은 오카다. 오카다 왼쪽에 몸을 갖다 붙이듯이 하고 걷고 있는 것은 여자다. 가오루는 멈춰 서서 숨을 죽였다. 길 한쪽에 붙어 서서 둘의 모습이 보이지 않는 것을 확인한 뒤에 다시 걷기 시작했다. 아파트에 도착하자 오카다 방에 불이 켜 있다. 딱히 달라진 것은 없다. 발소리를 죽이고 그 앞을 지났다.

　가오루는 발목께에 달라붙은 모래를 현관에서 털고 방으로 들어갔다. 유리창을 열고, 이불을 깔고, 메밀껍질 베개를 꺼내고, 아래만 파자마로 갈아입었다. 위는 러닝셔츠. 사리하마의 밤은 도쿄보다 시원하다. 산 쪽 창에서 바람이 들어와 가오루 위를 지나 발 언저리의 바다 쪽 창으로 빠져나간다. 보이지 않는 레일 위를 미끄러져 가듯이 산바람이 끊임없이 밤의 어두움 속에서 내려온다.

베갯머리에 있는 녹색 램프 스위치를 켠다.

'오부브' 2층에서 먼지를 뒤집어쓰고 있던 램프이다. "이게, 뱅커스 램프"라고 작은할아버지가 말했다. "이걸 쓰면 은행가처럼 큰 부자가 되려나 생각했는데 전혀 아니더군. 아파트에서 써"라며 내어주었다. 작은할아버지는 진지한 얼굴로 말을 이었다. "큰 부자 같은 거 될 필요 없어. 살아있고 먹을 수 있고 잠잘 방이 있고, 혼자가 될 시간이 있으면 그것으로 충분해."

천장의 푸르스름한 형광등을 끄고, 여름용 이불을 배 위에 올려놓는다. 방 천장이 뱅커스 램프의 옅은 초록색을 반사한다. 가오루는 이렇게 혼자 있다는 사실에 자유를 느낀다. 양쪽 발가락 끝을 쭉 뻗는다. 근육이 늘어나는 것을 느낀다. 양손을 위로 뻗는다. 메밀껍질 베개가 서걱거린다. 양 손등이 다다미에 닿는다. 하품이 나온다. 다로의 기지개는 언제 봐도 아름다웠다. 일어나면 오른쪽 앞다리, 왼쪽 앞다리 순으로 앞으로 뻗고, 턱도 양 겨드랑이도 바닥에 닿을 듯 말듯 낮춘다. 엉덩이에서 등, 앞다리가 미끄럼틀 같은 커브를 그린다.

이웃 방에서 피우는지 모기향 냄새가 코를 스쳤다.

혼자 잔다는 것은 자유다. 혼자 자면 방귀도 마음대로 뀔 수 있다. 오카다처럼 누군가와 둘이 자면, 그것은 자유가 아니다.

자유가 아니면 뭘까? 사랑? 초록색 불빛 아래에서 가오루는 혼 잣말하듯 생각한다. 나는 이렇게 혼자 방에 있고, 아무한테도 위협당하지 않은 채 누워 있다. 오카다도 아마 가오루처럼 누워 있겠지만 옆에는 여자가 있다. 오카다처럼 여자와 밤길을 걷는 다면, 하고 상상을 부풀릴 수는 있다. 그 이상의 일도 상상으로 라면 얼마든지 할 수 있다. 그렇지만 자기가 컨트롤할 수 있는 환상 속의 상대와, 진짜 여성하고는 전혀 다를 것이라는 것 정 도는 안다. 알지만 아무것도 모른다. 모르니까 망상이 되어 더 부풀어 오른다.

나한테는 고정해줄 압정pin이 없다, 라고 가오루는 생각한다. 이 세상 어딘가에 자기를 움직이지 않게 고정해줄 것이 없다. 유치원에서 초등학교, 중학교에서 고등학교로, 매일 학교를 다 님으로써 임시로 압정이 주어졌었다. 체육 특별활동부에 들어 가고 운동을 하며 날이 새고 날이 지고 녹초가 되면, 좀 더 나를 꽉 고정하는 압정이 되었다. 학교를 그만둬버리면 어떻게 될 까? 압정이 빠진다. 나는 지금 어디에도 고정되어 있지 않다. 하 늘하늘한 얇은 종이나 같다. 학교에서 박리되어 바람에 날리고, 강에 떨어졌다가 그대로 바다로 흘러가서 가라앉는다. 바닷물 에 녹아서 가루가 된다.

그렇다고 해서 자기 방에 혼자 계속 있는 것도 괴롭다. 방에 있기만 하면 자기 윤곽이 모호해진다. 벽 가득 자기 윤곽이 확대되어 옴짝달싹 못 하게 된다. 남이 없으면 이윽고 자신이 누군지 알 수 없게 된다. 사람이 미친다는 게 그런 것 아닐까?

'오부브'에서 가게를 거들고 있으면 자기다운 크기로 거기에 있을 수 있다. 음악이 흐르고, 그것을 듣고 있는 귀가 곧 나다. 밤에도 낮에도 작은할아버지나 오카다가 만든 요리를 먹는다. 가족은 아니지만 아는 사람이 만든 요리를 한 입씩 먹고 씹는다. 까만 후추와 버터 맛. 인스턴트가 아닌 커피의 맛. 입은 이쪽이 곧 나다. 작은할아버지, 오카다하고 사이에 최소한의 대화가 있고, 최소한의 말로 대답한다. 대답하는 말이 곧 나다. 내 목소리도.

오카다가 요리하는 것을 보고 있으면 저렇게 솜씨 좋고 맛있게 하는 법을 어떻게 몸에 익혔을까 싶다. 사실 요리를 못하는 어머니는 매일 까다로운 얼굴로 요리를 했다. 요리도 설거지도 하지 않는 아버지는 어머니가 요리하기를 싫어하는 줄 알고 있었을 것이다. 좀처럼 맛있다고도 고맙다고도 하지 않는 주제에, 가끔 냉장고를 들여다보고는, "저건 언제 쓸 거야?" "이건 유통기한이 지났잖아"라고 지적하며 어머니를 기분 나쁘게 한다.

자기가 오카다 같은 사람이 될 수 있으리라고는 생각하지 않는다. 그렇지만 부모님처럼 되지 않고 살 수 있을지도 모른다. 가오루는 요리하는 오카다의 손놀림을 생각하면서 잠에 떨어졌다.

5

이튿날 아침, 오카다가 가르쳐준 프렌치토스트를 구워보았다. 우유가 너무 많았는지 불 조절을 잘못했는지, 물에 잠긴 침대가 되었다.

이를 닦고 어제 일과랑 날씨를 노트에 썼다. 가오루는 왼손잡이지만 글씨는 오른손으로 쓴다. 칫솔은 왼손에 든다. 욕실에서 속옷과 양말을 빨고 그대로 욕실 안에 널었다. 수영복으로 갈아입고 티셔츠를 뒤집어쓰고 보트형 튜브에 바람을 넣어 챙기고 샌들을 신고 바다로 나갔다. 오카다 방 앞도 평상시대로 샌들 소리를 내면서 걸었다. 이미 많은 해수욕객이 모여 있었다. 파라솔이 여러 개 서 있었다. 망루에서 안전요원이 쌍안경을 보며 감시하고 있다. '바다의 집'에서는 유선방송의 시끄러운 음악이 흐르고 있다. 가오루는 안전요원에게서도 '바다의 집'에서도 유선방송 스피커에서도 멀리 떨어진 곳을 찾아서 오른쪽으로 오른쪽으로 흔들흔들 걸어가, 사람 사이 간격이 넉넉한 장소에 보드 모양의 튜브를 놓고 누웠다. 눈을 감자 바닷내, 파도 소리, 사람들의 말소리. 소리를 반사하는 벽이 없어서인지, 가까운 소리는 이상하게 크고, 먼 소리는 미덥지 못할 정도로 작다.

날씨는 개었다 흐렸다 했다. 눈을 감고 있어도 구름으로 덮인 것을 알 수 있다. 태양이 얼굴을 내민 순간도 알 수 있다. 구름으로 덮이면 바다에서 서늘한 바람이 불어온다. 주위를 지나가는 해수욕객은 모두 간사이 사투리를 쓴다. '오부브'에서 듣는 것의 몇 배나 되는 말소리가 귀로 모여든다. 이야기할 상대가 없으니까 자기가 도쿄 사람인 것을 간파당할 일은 없지만 눈을 감은 채 조금 몸이 굳어간다.

오전의 태양이지만 피부를 지글지글 태울 만큼 강하다. 도쿄에서 가져온 노란 병의 선탠 오일을 발랐다. 9월에 도쿄에 돌아갈 때까지는 전신이 거뭇거뭇하게 그을리겠지, 가오루는 그렇게 기대하고 있다. 피부가 타면 가오루를 감춰줄 것이다. 희멀겋지 않은 자기 모습을 상상해본다. 지금 자기를 바꿀 수 있는 것은 그 정도밖에 없는 듯하다.

가오루는 맥주병이었다.

벗은 티셔츠를 단정하게 모래사장에 펼쳐놓고 얼굴 위치에 선탠 오일, 티셔츠 아래쪽에 비치 샌들을 꼼꼼하게 놓았다. 보드 모양의 튜브를 끌어안고 바다로 향했다. 하얀 모래사장은 맨발에 뜨거울 정도이다. 파도치는 곳에서 발을 말려들게 하듯이 흘러들어오는 얕고 투명한 바닷물이 미지근하다.

서프보드를 타고 배를 젓듯이 먼바다로 향한다. 튜브가 있으면 이상하게 무섭지 않다. 조금씩 공기가 샌다든가 떠 있는 중에 무엇인가가 부딪쳐 와서 보드에서 튕겨 나간다는 상상보다도 확실하게 부력을 띤 무엇인가를 끌어안고 있다는 실감 쪽이 훨씬 강하다. 가오루는 망상을 품기 쉬운 성격이지만 사실적인 손이나 팔의 감각을 쉽게 믿는 면도 있다.

먼바다로 나갈수록 주위의 사람들과 거리가 멀어진다. 헤엄쳐도 되는 범위를 표시하는 부표 근처까지 가서 몸의 방향을 바꾸었다. 보드 곁의 해면을 보니 코발트색 작은 물고기들이 헤엄치고 있는 것이 보인다. 이 물고기들은 나를 보러 온 것이다. 그렇게 느낀다. 그렇지 않으면 작은 지느러미를 써서 우주유영까지 하면서 무엇 때문에 이렇게 옆에 머물고 있는지 모르겠다. 한참 보고 있자 노란색과 오렌지색 무늬가 있는 두 마리가 어디에서인가 더 나타나 가오루 곁으로 다가온다. 열대어 같은 색조. 열대어일까? 가오루는 물고기 이름을 거의 모른다. 겨자씨보다 더 작은 눈이 보인다. 잘 보면 입은 다물고 있다. 금붕어처럼 뻐끔뻐끔하지 않는다. 입가에 조심스러움과 선주자의 위엄이 느껴진다. 인간의 얇은 각질을 쪼아 먹는 물고기가 있다고 읽은 기억이 난다. 이 작은 물고기 입이 가오루의 뭔가를 노리고 있는 것일까? 아무래도 그렇지는 않은 것 같다. 그저 보고 있는 것일 뿐인가? 가오루도 그저 바다에 떠 있을 뿐이다. '안녕' 하고 중얼거리듯이 말해본다. 이윽고 파도에 떠도는 동안에 가오루도 물고기도 서로에 대한 관심을 잃고 정신 차리고 보니 뿔뿔이 흩어져 있었다.

보드를 똑바로 타던 가오루는 몸을 뒤쪽으로 비키듯이 해서 하반신뿐만 아니라 가슴부터 아랫도리까지 천천히 바닷속으로 담근다. 바닷물은 태양 덕인지 해류 탓인지 먼바다에 나와도 미지근하다.

보드를 잡고 있는 팔 위치를 조심조심 옮겨, 보드와 몸이 T자가 되게 한다. 얼굴을 해변 쪽으로 돌려보니 100미터 정도 멀어진 것 같다. 주위에 거리를 확인할 표시가 없으니까, 잘 모르겠다. 좀 더 먼바다에 나온 건지도 모른다. 가오루는 때때로 생각난 듯이 강하게 발차기를 해서 해변에서 너무 많이 떨어지지 않게 조심한다. 해변에 있는 사람들의 목소리도 '바다의 집'에서 흘러나오는 음악도 아직은 희미하게 들린다.

맥주병이라도 튜브만 있으면 괜찮아. —평상시는 툭하면 비관적이 되는데, 이렇게 헤엄도 못 치면서 바다에 떠 있는 상태를 낙관적으로 생각하고 있는 자신이 신기하다. 사리하마에 오고 나서, 학교에 안 가게 된 자신을 어떻게 하지 않으면 안 된다는 생각을 하지 않게 되었다. 그것은 즉, 지금 이렇게 보드를 붙들고 그저 떠 있는 그 자체다. 그렇게 생각이 미치자 바다에 떠 있는 상태가 무섭게 느껴지지 않고 그저 기쁘고 자유로운 마음이 되었다.

발밑의 깊은 바다에는 정체를 알 수 없는 생물이 있을지도 모른다. 그것을 상상하면 사타구니 부근이 움츠러든다. 한편으로는 한입에 삼켜지면 아프거나 괴롭거나 할 시간이 많지 않을 테니까 그것도 그런대로 괜찮지 않을까? 커다란 생물의 비린내 나는 미끈미끈한 식도를 내려가는 감각을 상상하면 소름이 끼치지만 그때는 의식을 잃으면 되는 거야. 기절한 채 캄캄하고 따뜻한 위에서 소화된다. 당분간은 행방불명이라고 수색하고 살아있는지 죽었는지도 알 수 없어서 어머니와 아버지를 엉거주춤한 절망 가운데 있게 한다. 죽었다고 확실히 알 수 있는 편이 낫겠지만 위에서 몸이 소화되기 전에 발견되지 않으면 안 된다. 그런 것은 거의 불가능하지 않을까? 바닷속을 이동하는 살아있는 관. 뼈는 툭툭 배설되어 바닷속을 떠돌고 해저에 뿔뿔이 흩어진다.

가오루는 오줌이 마렵다는 사실을 알아차렸다.

해변에서 이렇게 멀리 떨어졌으니 여기에서 오줌을 싸도 괜찮겠지 싶다. 요의를 느끼는 부분을 이완시키려고 한다. 육지에서 눈앞이 소변기라면 힘들지 않게 나올 텐데 단단하게 마개를 한 것 같다. 여러 번 누려고 했지만 무엇인가가 그것을 막는다. 가오루는 다시 보드 위로 가슴을 끌어올려보았다. 이쪽 자세가 안정적이다. 다소곳한 얼굴로 다시 한 번 오줌을 해방시켜보려고 한다. 페니스 뿌리 좀 더 안쪽에 작은 불씨가 있는 것 같은데 점화가 되지 않는다. 안 되겠다. 포기하자 초조하던 감각이 조금씩 희미해지고 사라진다.

뒤에서 같은 리듬으로 큰 파도가 온다.

파도 꼭대기가 뒤에 있을 때 가오루는 큰 파도 바닥에 있다. 자기를 넘어서 앞으로 나간 조금 전의 큰 파도가 해변을 안 보이게 가린다. 때마침 파도가 강해졌는지 몸이 붕 뜨더니 아래쪽으로 밀리는 힘이 커진 것처럼 느낀다. 파도 꼭대기에 올라가면 바닷가로 밀려가는 하얀 파도 머리가 눈에 들어온다. 파도 소리는 어느 틈엔지 들리지 않는다. 아까까지 들리던 해변의 사람들 목소리도 들리지 않는다. '바다의 집'의 음악 소리도 들리지 않는다. 파도를 타고 있는 동안에 먼바다로 나온 것 같다. 갑자기 뒤로 잡아당기는 듯한 공포에 사로잡힌다. 가오루는 해변을 향해서 발장구를 강하게 쳤다. 앞으로 나아가고 있는지 어떤지 알수 없다. 호흡이 가빠진다. 보드를 강하게 잡으려고 하다가 손이 미끄러져서 오른손을 놓칠 뻔했다. 해변 사람들은 아무도 가오루가 당황한 사실을 모른다. 안전요원의 망루가 어디 있는지 알 수 없어진다. 그렇게 깨달은 순간, 하반신이 뜨거워지면서 아까까지 아무리 애써도 나오지 않던 것이 바닷속으로 스며나오더니, 이윽고 기세 좋게 해방되어간다. 넓적다리 안쪽에 자기 체온을 띤 것이 부딪친다. 물장구치기를 그만두고 가오루는 그 감각 가운데 표류한다. 표류하는 동안에 자기 몸이 오른쪽으로 오른쪽으로 흘러가고 있다는 것을 알아차린다. 또다시 강하게 발장구를 되풀이해서 어떻게든 해변에 가까이 가려고 한다. 발장구 치는 소리만 들린다. 귀에 쉬이 하고 스치는 찬바람을 느낀다. 오른쪽 종아리가 쥐가 날 것 같다. 이대로 흘러가다가는 죽을지도 모른다. 가오루는 세로로 둔 보드 위로 기어 올라가 양손으로 해면을 저었다. 필사적이었다. 앞만 보고 양손양발로 물장구를 쳤다.

얼마나 시간이 흘렀는지 알 수 없다. 거친 숨의 가오루는 겨우 해변에 가까워졌다는 사실을 눈으로 이해했다. 사람 목소리, 음악 소리, 밀어닥치는 파도 소리가 들려온다. 이제는 괜찮을 거야. ……아니 아직…… 가슴의 두근거림이 가라앉지 않아 헐떡거리고 있자 머리가 어찔어찔하다.

너무 정신이 없다. 해변을 향해 헤엄치는 남성을 뒤에서 부딪쳐버렸다. 남성은 아악 하고 소리 지르더니 가오루를 돌아보았다. "뭐야?" 가오루는 보드 위에서 죄송합니다, 미안합니다, 하고 숨을 헐떡이며 사과했다. 정신을 차리고 보니 해변까지 10미터 정도 되는 곳까지 와 있었다.

부딪친 남자가 서 있는 것 같아, 가오루도 서려고 두 다리를 아래로 뻗었다. 그러나 발이 닿지 않는다. 가오루는 그대로 푹 바다에 가라앉아버렸다. 왼손만 필사적으로 보드 자락을 잡고 있었다. 바닷물을 마셨다. 코에도 바닷물이 들어온다. 옆으로 남성의 허여멀건한 배가 보인다. 서서 헤엄치듯 그의 발이 물속을 차고 있다. 바닷속이 푸르스름해 보이지만 아직 깊다. 가오루는 발을 오므리고 단숨에 뻗으려고 한다. 얼굴이 물 밖으로 나온다. 양손으로 보드를 잡고 그 위에 몸을 던졌다. 뒤에서 온 파도가 보드째 한꺼번에 가오루를 운반한다. 발가락 끝과 양 무릎이 모래사장에 닿는다. 가오루는 보드 위에 엎드린 채 해변까지 가서 멈추었다. 발밑으로 파도가 밀려와 양 귀 언저리까지 왔다가 다시 밀려간다.

겨우 일어서자 무릎이 후들후들 떨리고 있는 것을 알아차린다. 보드 리시leash를 한쪽 손에 쥐고 비틀비틀 걸었다. 건조하고 뜨거운 해변까지 와서 흠뻑 젖은 보드를 되는 대로 내던지고 그 위에 눕는다. 아직 숨이 거칠다. 살았다. 자칫하면 빠져 죽을 뻔했다. 조금 떨어진 곳에서 남자 웃음소리가 난다. "웃을 일이 아니라"라고 다른 목소리가 들린다. 자기 이야기인가 일순 생각했지만 누구 하나 가오루의 위기 따위 알아차리지 못했다. 주위의 술렁거림은 가오루하고는 관계가 없었다.

숨이 가라앉자 마음도 많이 진정되었다.

상륙한 곳은 모래사장의 제일 동쪽이었다. 파도 밑에 강한 조류가 있는가 보다. 가오루는 동쪽으로 동쪽으로 더 먼바다로 실려가고 있었다. 빠지지 않았어도 더 먼바다에서 표류하다가 조난당했을지도 모른다. '오부브'에 나타나지 않는다, 이상하다, 라고 알아차리는 것은 적어도 두 시간은 더 뒤의 일이다. 도대체 어디까지 흘러갔던 걸까?

태양이 전신의 물기를 바싹 말리고 피부를 지글지글 태우기 시작한다. 먼 곳을 날아가는 세스나* 소리가 귀에 닿는다. 바다 위 세스나에서 해변이 내려다보인다. 알갱이 같아 보이는 많은 사람 속에 다행히 가오루도 있다. 사람이 죽는 것은 간단하다. 그리고 죽는 것은 무섭다. 숨을 들이쉬고 숨을 뱉으면서, 무엇인가를 헛디뎌 죽는다는 공포를 피부로 느끼고, 눈꺼풀 너머의 햇빛을 보고 있다.

완전히 몸이 마르고 나서 모래사장을 가로지르듯이 걸어서 원래 장소로 돌아왔다. 걷기 시작하면서 비로소 귀에 물이 들어간 것을 알았다. 한쪽 다리로 낑낑 뛰자 미지근한 물이 스륵 흘러나왔다.

아무것도 모른 채 놓아둔 위치에 그대로 있는 선탠 오일과

---

* 미국의 대표 경비행기 브랜드.

티셔츠를 회수한다. 달궈진 비치 샌들을 신고 아파트로 돌아왔다.

"큰일 날 뻔했네. 조금 멀리 나가면 구로시오黑潮*거든."

"그래요?"

"엄청난 힘으로 흘러가. 그대로 미국까지 가고 싶다면 모르지만 말이야."

엄청난 힘이라고 하는 오카다의 말을 듣자 사타구니 부근에 공포가 솟구치는 것 같다.

가오루는 여느 때보다도 일에 집중했다. 종이 냅킨을 예쁘게 접고, 테이블과 의자를 다리까지 닦고, 핑크색 전화기도 꼼꼼하게 닦았다. 화장실의 거울도 반짝반짝하게 닦았다. 눈에 띄는 것은 무엇이든지 했다. 작은할아버지에게나 오카다에게 가오루는 '초대하지 않는 손님'일 것이다. 그런 티는 전혀 보이지 않지만 가오루가 소용 있는 부분은 얼마 안 된다. 만일 자기가 생판 모르는 남이고 아르바이트 대금도 지불하고 있다면, "내일부터 안 나와도 돼"라는 말을 들어도 이상하지 않다. 그 정도의 객관성은 가오루에게도 있다.

* 일본 열도를 따라 태평양을 흐르는 난류.

어떻게 하면 오카다 같은 어른이 될 수 있을까? 졸업했는지 어떤지는 차치하고 대학에는 간 것 같은 느낌이지만, 회사에는 취직한 적 없지 않을까? —왜 그렇게 느껴지는지 알 수 없다. 오카다 같은 사람은 평균적이고 일반적인 경험으로는 태어나지 않을 것이다. 학교든 회사든 그곳에 들어맞지 않고 비어져나와버린다. 그 뒤는 자기 자신이 스스로 어떻게든 한다. 오카다는 그것을 묵묵히 해온 사람인지도 모른다.

전쟁이 끝나고 얼마쯤 지나서 작은할아버지는 일본으로 돌아왔다. 물론 가오루는 아직 태어나지도 않았다. 아버지는 "복원復員*했다"라고 말했다. "뭔지 엄청난 고생을 한 것이 분명해"라고는 했지만 그 엄청난 고생이 어떤 것인지 자세히 설명해주지는 않았다.

왜 그렇게 멀리 이사 갔냐고 물어도, "왜냐니? 가네사다 할아버지가 결정한 거니까"라고 아버지는 얼버무리듯이 말했다. "친척이라도 있어?"라고 물어도, "없어"라고만 한다. 잠자코 있다가 "온천이 있고 바다가 보여서 마음에 든 게 아닐까?"라고 무책임한 목소리로 아버지가 말했다. 어림짐작으로만 하는 이야기는 아닌 것 같았다.

사람은 어느 틈엔가 도달할 곳에 있다.

---

* 일본에서 시베리아 억류자의 귀환을 이야기할 때 쓰는 공식적인 군사용어.

오늘 첫 손님은 여느 때의 사법서사이다. 반팔 와이셔츠에 차콜그레이 슬랙스, 검은 구두, 핫도그를 두 개 주문한다. 뼁긋도 하지 않지만 기분이 나쁜 것은 아니다. 주문한 것을 테이블에 갖다주면 꼭 "고마워"라고 한다. 정말이지 손이 안 가는 얌전한 손님이다. 점심시간에 매일 모습을 보게 되면 어떤 사람인지 윤곽 정도는 알게 된다. 그렇지만 그 사람의 사적인 정보는 전혀 알 수 없다. 결혼했다고 들어도 그런가 생각되고, 독신이라고 들어도 그런가 생각될 뿐이다. 확실한 것은 사법서사로 일한다는 것, 매일 '오부브'에 와서 핫도그와 감자 샐러드를 먹는다는 것이다.

사법서사는 일찌감치 다 먹자 커피를 마시면서 잠자코 재즈를 듣는다. 들은 적이 없는 앨범이면 꼭 자리에서 일어나 오카다가 세워놓은 재생중인 LP 재킷을 확인한다. 작은 연필이 달린 수첩에 앨범의 타이틀을 쓰기도 한다.

사법서사를 시작으로 계속해서 손님이 든다. 오카다도 갑자기 바빠진다. 주문은 가오루뿐 아니라 가네사다도 받는다. 정오를 조금 지나자 만석이 되었다. 음악은 비브라폰의 트리오이다. 움직이고, 주문받고, 트레이에다 음식을 내어준다. 물을 보충한다. 다 먹은 접시를 치운다. 재떨이를 바꾼다. 흘린 물을 닦는다. 움직이고, 알아차린 일을 하고 다시 움직인다. 가네사다가 계산을 맡는다. 설거지는 손님이 가고 나서. 쓸데없는 일 따위 생각할 여유는 없다. 바쁜 가운데 하나하나에 반응하고, 실수하지 않게 움직이려면 역시 긴장된다. 그러나 그 가운데 쾌감도 있다는 사실을 가오루는 깨닫는다. 손님의 얼굴을 물끄러미 보면서 최소한의 대화를 할 때 스트레스를 느끼지 않는다는 사실을 문득 자각한다.

오후 1시 반이 될 때쯤에는 가게가 조용해지고 손님도 두 사람으로 줄었다.

테이블을 닦고, 종이냅킨을 보충하고, 설거지를 돕고 나서, 가네사다가 만든 양배추 볶음밥 2인분을 들고 2층으로 올라갔다.

"손님은, 오면 올수록 고맙지. 돌아가주면 더 고맙고."

뒤따라 올라온 가네사다가 그렇게 말하면서 싱긋 웃었다.

가오루가 다 먹자, 가네사다는 2층의 작은 냉장고에서 유리병을 꺼내 두 개의 컵에 보리차를 따랐다.

"바쁜 건 꼭 한 시간이야. 소낙비 같은 거지 뭐. 손님에게 뭔가 먹게 하고, 마실 거리를 만들고, 음악을 듣게 하고, 또 오세요 하고 인사하고, 이런 걸로 장사가 돌아가니 고마운 이야기지. 가오루는 뭐 하고 싶은 일이 있나?"

가오루는 보리차를 마시면서 생각했다. 아무것도 되고 싶지 않아요, 라는 것이 대답이었다. 그렇지만 그런 말은 할 수 없다.

"대학에 가서 생각하자, 라고나 할까요?"

"어, 그래? 대학 갈 생각이야?"

가오루는 또 입을 다물었다. 지금처럼 고등학교에 안 가면 대학은 멀어진다. 검정고시를 치면 고등학교를 졸업하지 않아도 대학에 갈 수 있는 것 같기는 하지만.

"어떻게 할까요?"

가네사다가 웃었다. 왜 웃는지 가오루는 알 수 없었다.

"오늘은 바빴네. 이제는 오카다 혼자 충분할 거야. 잠깐 낮잠 자고 올 테니까 가오루도 여기에서 한숨 자. 오카다한테 말해둘게. 나중에 보자."

가네사다는 두 사람분의 접시를 겹쳐 들고 아래로 내려갔다.

가오루는 방석을 접어서 베개 대신 베고 다다미 위에 똑바로 누웠다.

중학생 시절부터 아버지가 자기에 대해 무엇을 알고 있는지 알 수 없어졌다. 알 리 없으리라고 생각하면서 가오루는 보고 싶은 텔레비전을 볼 때 이외에는 2층 자기 방에 틀어박혀 음악을 듣거나 책을 읽고 잡지를 뒤적였다. 식탁에서는 뚱하니 입을 다물고 거의 말을 하지 않았다.

책이나 영화에 나오는 세계에 비해 일상은 너무 평탄했다. 앞으로 남자들만 득실대는 고등학교에 들어가 그다음에 바로 대학교 입시, ……그런 나날이 이어지는 것은 견딜 수 없다. 입학 전 봄방학 때부터 그렇게 느꼈다. 교실에서 수업을 받고, 정기 시험을 치고, 성적이 매겨지고, 그 끝에 언젠가는 회사원이나 뭔가가 되어 일한다. 아버지도 어머니도 선생이라서, 선생만은 되지 않겠다고 결심했지만, 그럼 도대체 어떤 일을 할 것인가? 아니, 할 수 있을까? 정년이 될 때까지 몇십 년 동안 계속 일하다니 상상만 해도 현기증이 난다. 자기가 그렇게 살 수 있을까? 상상도 할 수 없다는 것은 곧 그때까지 자기가 살아있지 않을 거라는 이야기 아닐까?

아버지 쪽 친척도 어머니 쪽 친척도 둘러보면 월급쟁이뿐이다. 어머니 친척 중에 한 사람 다다미집을 운영하는 분이 있고, 아버지 쪽 친척 중에 작은할아버지 가네사다가 있을 뿐. 게다가 둘 다 후계자가 없다고 들었다. 그 아래 세대가 되면 모두 똑같이 학교를 다니고 당연한 것처럼 대학에 진학했다. 자기는 그 가운데 아무것도 되지 못한 첫 번째 예외가 될지도 모른다. 거기서부터 더 먼 앞날은 생각하지 않기로 했다.

편안하게 대할 수 있는 것은 다로뿐이었다. 다로는 이런 나한테도 몸을 비벼대고 턱이나 목을 쓰다듬어주면 잠깐 동안 그르렁거린다. 내가 주는 밥을 먹어준다. 물그릇을 깨끗이 닦아 새로 물을 넣어주면 맛있다는 듯이 마신다. 얌전하게 발톱을 자르게 허락하는 것은 가오루뿐이어서 출발하기 전날 잘라주고 왔다. 개다래나무 냄새가 밴 발톱 연마 스크래처도 두고 왔다. 다로를 못 보는 것만이 섭섭하다.

배가 부른 가오루는 다다미 위에서 노곤하게 잠에 빠졌다. 의식이 흐려져가는 동안에 긴장이 풀리자, 물에 빠질 뻔했을 때 필사적으로 들이마신 공기 덩어리가 부글부글 소리와 함께 가오루 밖으로 나갔다. 그래도 가오루는 잠이 깨지 않았다.

6

가오루는 나날이 '오부브'에 익숙해져갔다.

오전 중에 바닷가에 나가도 11시에는 아파트로 돌아와 샤워를 하고 외출 준비를 한다.

'오부브'에 도착하니, 작은할아버지는 2층에서 종이냅킨을 접고 있는 것 같았다. 손님이 이미 두 사람 있었다. 한 사람은 테이블에 앉아 있는 사법서사, 가네사다가 지난번에 '후루타 씨'라고 불러서 성을 알게 되었다. 핫도그와 감자 샐러드를 일찌감치 먹어치우고 지금은 마시다 만 커피 컵만 남아 있다. 눈을 감고 있지만 자는 것은 아니다. 또 한 사람은 여성이었다. 카운터 끝자리에 앉아 있다. 엽서에 뭔가를 쓰고 있는 것 같다. 가끔 오카다 쪽을 흘끗 보지만 오카다를 본다기보다는 뭐라고 쓸지 말을 찾는 것 같다. 지난밤에 오카다 방에 있던 여성이 아닌가 가오루는 생각했다. 가오루가 가게에 도착했을 때 여자는 오카다에게 웃는 얼굴이 아닌 평범한 표정으로 뭔가 이야기하고 있었다.

여자 손님 앞에는 다 마신 티 컵이 놓여 있었다.

오카다는 점심에 주문이 많은 믹스 샌드위치를 준비하고 있었다. 가오루는 두 손님의 물컵을 보았다. 사법서사는 눈을 감고 있으니까 그냥 둔다. "손님이 자리를 비웠을 때하고, 눈을 감고 있을 때는 아무것도 안 한다"라고 오카다한테 들었다. 여자 손님 컵에는 얼음만 남아 있었다. 가오루는 작은 목소리로 "실례합니다"라고 하면서 물을 보충했다.

"고마워"라고 여자가 말했다. "네가 가오루구나."

간사이 사투리가 아닌 것이 뜻밖이었다. 가오루는 가볍게 고개를 숙이면서, "네"라고 대답했다. 어딘지 노곤한 듯이 있으니까 여자가 사람 좋아 보이는 얼굴이 되어 눈꼬리가 내려간다. 가오루는 일 초도 되지 않는 찰나에 그것을 보고 바로 눈길을 떨어뜨렸다.

등을 어색하게 뻣뻣하게 세우고 카운터 안쪽으로 돌아간다. 영화라면 이 시점에서 가오루가 어딘가에 걸려서 피처의 물을 쏟아붓거나 할 참이지만 현실에서는 아무 일도 일어나지 않는다. 오카다는 두 사람의 대화가 들리지 않는 것처럼 그저 손을 움직이고 있다. 레코드가 바뀌고, 기타와 피아노 듀오가 작은 볼륨으로 시작된다.

2층에서 가네사다가 내려왔다. 손에는 접은 종이냅킨 다발이 있다.

"뭐야! 오늘도 일찍 나왔네. 점심때니까 고맙지만."

남자 손님 둘이 문을 열고 들어온다. 자리에 앉기 전에 오카다한테 "핫도그 하나, 믹스샌드위치 하나, 둘 다 커피"라고 한다. 가오루는 서둘러 코스터 주문표에 '테이블 2' '핫도그 ―' '믹스 ―' '커피 ┬'라고 써서 오카다에게 전한다.

술렁거리는 타이밍을 가늠하던 여자 손님이 오카다에게 작은 목소리로 말했다.

"두고 온 거 찾으면 바로 가야 하는데 열쇠 어떻게 하지?"

오카다는 순간 난처한 얼굴을 했다. 같이 온 두 남자 손님이 신바람 난 목소리로 이야기하고 있다. 들렸는지 어떤지 알 수 없는 가네사다는 테이블의 종이냅킨을 보충하고 있다. 오카다는 앰프 볼륨을 조금 올렸다. 오카다 옆에서 피처에 물을 넣던 가오루에게는 두 사람의 대화가 들린다. 여성은 그것도 의식하고 있는 것 같았다. "가오루가 받아주면 안 될까? 바로 근처니까."

오카다는 벽시계에 눈길을 주고 나서 가오루 쪽을 돌아보고 주저하는 듯한 목소리로 물었다. "잠깐 아파트에 갔다 올 수 있을까?"

이 여성과 아파트에 갔다가 여성이 열쇠를 주면 그것을 갖고 가게로 돌아온다, 라는 얘기 같았다. 피처를 든 채 가오루는 "네"라고 했다. "미안하지만" 하고 오카다가 가오루 눈을 보면서 말했다.

가네사다는 계산을 하면서 여성을 힐끗 보더니, "감사합니다" 하고 조금 속이 들여다보일 만큼 밝은 목소리로 말했다. "잘 먹었어요"라고 여성도 밝은 목소리도 대답했다.

여성 뒤에 선 가오루는 "다녀오겠습니다"라고 가네사다에게 말했다.

"조심해서"라고 가네사다가 멍때리는 듯한 목소리로 말했다.

여성은 터지는 웃음을 참으며 지갑 잠금쇠를 탁 닫더니 아무 말 없이 웃음을 띤 채 가네사다를 보았다.

가게 문을 나서자 여성이 가오루의 어깨를 가볍게 쳤다.

"주인아저씨, 재미있네"라고 한다. 가오루가 애매모호한 얼굴을 하고 있자, "조심해서, 래." 여성의 얼굴을 볼 수가 없었다. 얼굴이 달아오르는 게 느껴졌다. 직사일광이 고마웠다.

여자는 오카다보다 연하로 보였지만 가오루에게는 넘치게 어른으로 보였다. 양어깨가 드러난 원피스에는 자잘한 물색 정방형이 파도 같은 모양으로 프린트되어 있다. 밀짚모자를 쓰고 있어서 얼굴에 그림자가 드리우고 있다. 샌들을 신은 맨발이 예쁘다.

"말수가 없네."

가오루는 입을 열어, "아, 네"라고만 했다.

"사리하마는 어때? 지루하지 않아?"

가오루는 어떻게 대답해야 좋을지 알 수 없었지만, "마음에 듭니다"라고 했다. 여자는 가볍게 웃었다. 가오루 대답을 놀리는 것 같아도 인상은 나쁘지 않았다. 순박한 사람일지도 모른다고 가오루는 생각했다. "마음에 들었구나. 다행이네."

지글지글 볼이 탈 것 같은 햇살이었다. 겨우 사오 분 거리인데도 머리가 어질어질해진다. 긴장 탓인지도 모른다. 이마뿐 아니라, 몸 여기저기에서 땀이 난다. 이대로 바다에 뛰어들고 싶은 기분이다. 튜브가 없으면 익사해버리겠지만.

"잠깐만 기다려줘."

아파트에 도착하자 여성은 익숙한 느낌으로 열쇠를 열고 안으로 들어갔다. 기다리는 입장인 탓인지 생각보다 길게 느꼈지만 이윽고 문이 열리고 여자가 나왔다. 가오루에게 등을 돌린 채 문을 잠근다.

"기다렸지"라며 가오루에게 내미는 손끝에 열쇠가 매달려 있다. 여성의 상큼한 향수 냄새가 났다. "시게카즈 씨한테 줘요."

시게카즈 씨라고 불리는구나. 오카다가 그렇게 불린다는 것을 알게 되자 왠지 야릇한 마음이 된다. "네"라고만 하고 열쇠를 받았다.

"언제 저녁 같이 먹자. 주말은 언제라도 괜찮지만, 일요일뿐이지? 쉬는 날이?"

여자는 왠지 후련한 얼굴이다.

"아, 네."

"……나도 도쿄야. 삼 년 전까지 이타바시에 살았었어."

그렇구나 생각하면서, 제 고등학교도요, 라고 말할 수도 있었지만, 이제는 안 다니니까 잠자코 있었다.

"시게카즈 씨도 도쿄고. 도쿄 사람은 도쿄가 싫어지는 건가?"

오카다도 간토 사람일 거라고 생각했는데 도쿄라는 걸 처음 알게 되었다. 작은할아버지도 도쿄니까, 이렇게 먼 태평양 연안의 도시에 오카다와 가오루, 도합 세 명이 흘러왔다는 이야기가 되는 것인가?

"왜 사리하마에 오게 되셨어요?" 하고 물어보고 싶었지만 물론 물어볼 수는 없었다. 여성의 이름조차 모른다.

여성은 "자, 그럼"이라고 가오루에게 손을 흔들면서 문방구 모퉁이를 왼쪽으로 꺾으려다가 멈춰 서서, 원피스 주머니에서 작고 빛나는 것을 꺼내 찌릉찌릉 하고 방울처럼 울려 보였다. "나, 덜렁이라서 내 열쇠를 놓고 왔거든. 살았어. 고마워요."

묻지도 않았는데 가르쳐줘서 조금 놀랐지만, 가오루는 잠자코 고개를 숙였다. 여성은 웃음을 보이고 걸어갔다.

'오부브'에 돌아가자, 가게 안은 다시 만원이었다.

냉방이 시원하다. 샌드위치랑 핫도그, 커피와 우유 냄새가 뒤섞이고 담배 연기가 그것을 감싸고 있다. 베이스 소리가 나고, 그 뒤에 드럼이 치고 들어온다. 피아노가 테마를 연주하기 시작한다. 모두 제각각인 개인들이 음과 리듬을 내보낸다. 재즈는 밴드로 통일이 되는 록과 달리 하나의 개인이 내는 소리와 또 하나의 다른 개인이 내는 소리의 주고받음이라고 생각한다. 트리오(삼중주)라든가 퀸텟(오중주)이라는 이름도 개인의 모임이라는 느낌이 든다.

담뱃진 색상의 벽에 베이스 케이스를 안은 흑인 뮤지션의 흑백사진이 걸려 있다. 연주가 끝났는지, 이제부터 시작할 건지. 맞은편을 보고 혼자 서 있다. 혼자 서 있는 모습이 그림이 된다. '오부브'에 와서 음악을 듣고 무언가를 먹고 마시는 사람들도 생각해보면 전부 혼자다. 손님 중에 가족하고 오는 사람은 없다.

두 달 전에는 고등학교 교실에 같은 나이의 남자가 마흔여덟 명, 전원이 똑같은 까만 교복을 입고, 똑같은 칠판을 보면서 앉아 있었다. 가오루도 그중 하나였다. 사적인 이야기는 금지, 지명되면 일어나서 반드시 대답해야 한다. 반란이라면 몰래 도시락을 일찍 까먹는 정도였다. 3교시면 늘 일찍 밥을 먹는 곤도는 무릎 위에 도시락을 올려놓고, 선생님이 칠판에 무언가 쓰고 있을 때 젓가락질을 한다. 그 타이밍에 지명받아도 입안의 밥알을 재빨리 삼켜버려서 무사하다. 어떻게 괜찮으냐고 물었더니,

"앗 하고 생각하는 순간 하얀 밥알이 입안에서 액체로 바뀌거든"이라고 한다. 같이 듣던 학생이, "웃기지 마"라고 조소해도, "아니, 진짜라니까. 내 입은 어떻게 그리돼 있어. 고형물이 바로 액체로 바뀐다니까"라고 설명한 곤도는 그 이후 '드링크'라는 별명이 붙고 그것이 '곤드리'가 되었다가, 이윽고 '드리'라고 불리게 되었다.

고등학교는 졸업하지 않으면 안 된다는 것은 알고 있다. 그러나 그것은 겨우 넉 장이나 다섯 장밖에 안 되는, 똑같은 그림 연극을 몇 번이고 되풀이해서 보는 것이나 다름없다. 스탠드칼라의 교복을 입고 등교하고, 교실에 앉아서 선생이 칠판에 쓰는 것을 노트에 베끼고, 부모가 만들어준 도시락을 먹고, 아니면 매점에서 산 맛없는 빵을 먹고, 스탠드칼라 교복 차림으로 하교한다. 무거운 가방을 들고 학교에 가고 하루 종일 있다가 돌아온다. 그 되풀이.

교복 칼라에는 '2A'라는 반을 가리키는 배지가 달려 있다. 배지는 '소코뚜레'라고 불린다. 2학년 A반에는 열두 클래스 중에서 성적이 좋은 학생이 모여 있다. B반은 그다음. 국립대학이나 들어가기 힘든 사립대학을 목표로 하는 클래스라는 분류법이다. 문무겸용을 제창하여 유도는 말할 것도 없고 검도까지 필수 과목으로 만들었으면서 그러면서도 제일 요구되는 것은 명문대학 진학이었다. 그러다 보니 체육선생들은 하나같이 잘난 척을 했다.

최악인 것은 검도였다.

검도복은 자기 부담이지만, 죽도와 호구*, 호완**은 검도도장에서 빌리니까 전 학생이 돌려 쓴다. 처음 호완에 손을 집어넣었을 때 뭔가 잘못되었다고 생각되어 손이 멈췄다.

"우엑, 이게 뭐야?"라는 소리가 가까이에서 났다. 마루가 깔린 검도장 여기저기에서 괴성이 일자 어느 틈엔지 검도 선생이 나타났다. 기분이 안 좋은 달마 같은 얼굴.

"조용히. 여기에서 잡담은 엄금이야. 즉시 도장에 정렬." 위협하는 듯한 낮은 목소리로 말한다.

무두질한 가죽으로 만든 호완은 수백 수천 수만 번 돌려서 쓰는 동안에 남자 고등학생의 땀과 때가 스며들고, 박히고, 미처 마르지 않은 채 늪지 같은 것을 만들고 있었다.

가오루는 검도 시간이 끝나면 세면장에서 비누를 거품 내서 몇 번이고 물에 흘려보내고 다시 비누칠을 해서 빨개질 때까지 손을 계속 씻었다. 그래도 손가락을 코에 갖다대면 여전히 이상한 냄새가 났다. 냄새로 한 문신 같았다.

처음에는 모두 난리였는데, 수업이 여러 번 계속되는 동안에 손 씻기는 하나의 공정에 지나지 않게 되고, 이윽고 아무도 그

* 몸을 보호하는 장비.
** 손, 팔을 보호하는 장비.

에 대해 떠들지 않게 되었다. 가오루는 익숙해지는 그 과정 안에 있는 것도 싫었다.

가오루는 아직 상큼한 향기가 떠도는 가죽 키홀더를 오카다에게 건넸다. 오카다는 "오, 생큐"라고만 말하고, 관심이 없는 듯한 얼굴로 카운터 안쪽의 열쇠고리에 걸었다.

단골인 후루타 씨가 잊은 것이 생각난 듯이 손목시계를 확인하더니 커피 컵을 잠깐 들여다보고 나서 일어섰다. 정각 1시였다. 후루타 씨는 시각에 맞춰 움직인다. 하얀 반소매 와이셔츠를 입은 후루타 씨는 결혼했을까? 독신이 어울릴 것 같아, 라고 가오루는 왠지 생각한다. 사법서사라는 일이 어떤 것인지는 모른다. 후루타 씨가 밤에 '오부브'에 오는 일은 없다.

밤에 후루타 씨가 혼자 레코드를 듣고 있는 모습을 상상해 본다.

7

　사반세기 전에 도쿄에 돌아왔을 때 가네사다는 어떤 일자리도 찾을 수 없었다.

　아무도 자신의 귀환을 반가워하지 않을지도 모른다. 도쿄로 향하는 흔들리는 기차 안에서, 곤혹스러워하는 친척들 얼굴이 떠오를 때마다 그 의심을 부정하려고 했다.

　귀환선 안에서는 장교 계급들이 화물 취급을 당하고 있었다. 수용소에서는 군 계급이 그대로 남아 있는 경우가 많았다. 포로의 통솔, 관리에 편리하니까 이용한 것이다. 패전 직후 아무런 효력도 없어졌을 터인 계급을 앞세워서, 수용소 안에서의 노동, 식사, 취침 조건을 유리하게 하려는 인간도 적잖이 있었다. 여러 해에 걸친 억류 때문에, 그 원한은 씻기 어려운 것으로 부풀어 있었다. 가네사다가 현장을 직접 본 적은 없지만 때리고 걸 어차는 정도의 폭력은 일상적으로 있는 듯했다.

먼저 고국에 돌아간 자들이 맛본 절망은 목면 찌꺼기가 실로 엮이어 이어지듯이 확실한 이야기가 되어 전달되었다. '공산주 의자' '빨갱이'라는 낙인이 찍혀 제대로 된 일자리에 취직할 수 없다, 위험한 것을 가슴에 감춘 애물단지라고 육친도 인연을 끊 었다, 혹독한 이야기만이 특히 강조되고 일그러진 소문이 된 것 은 아닐까. 가네사다는 자신을 다독였다. 이 시점에 정보통이라 고 으스대고 싶어하는 녀석들에 의해 연극처럼 꾸며진 과장된 얘기일지도 모르지 않는가.

도쿄행 열차 승강구 계단에 발을 올려놓으며 가네사다는 근 육만 쥐어짜놓은 듯한 가느다란 다리가 무겁게 느껴졌다. 왼편 으로 무대 배경처럼 펼쳐진 어둑한 후지 산을 보면서 도쿄에 가까이 왔음을 알았고, 그에 따라 마음은 점차 무거워졌다.

소문은 사실이었다.

큰누나인 기쿠에는 삐쩍 마른 가네사다를 보고 눈물을 글썽 였다. 그러나 아무 소리도 하지 않았다. 구와타로는 거실에 들 어온 가네사다에게 방석도 권하지 않고 말했다.

"시베리아에서 여러 해 교육해서 공작원으로 일본에 보낸다 고 들었어. 너도 빨갱이면 이 집에 네가 있을 곳은 없다."

오랫동안 기댈 곳이라 여기며 그리워하던 본가에서 가네사다는 환영받지 못하는 인간이 되어 있었다. 오 년 남짓 이어진 견디기 힘든 징벌과 노동에서 목숨을 부지한 끝에 그리워하던 누나와 형조차 받아들여주지 않는 인간이 된 것이다. 수용소 소장이 "일본이라는 나라는 너희를 보내달라고 한마디도 하지 않았어"라고 조롱하듯이 내뱉은 말이 귓가에 되살아난다.

아버지도 어머니도 죽은 지 오래였다. 이 집의 가장은 나이고 결정하는 것도 나다, 라는 얼굴의 구와타로는 굽히지 않는 눈초리로 가네사다를 보고 있었다.

가네사다는 심장 아래에 시커먼 커다란 구멍이 뚫린 것 같았다. 심장은 거기 있었고 움직이고 있었지만 심장을 지탱하는 것들이 몽땅 깎여 나간 것 같았다. 심장이 그대로 드러나서 눈보라에 노출되어 있는 것 같았다. 피가 얼면 가네사다는 죽는다. 영하 30도에서도 영하 40도에서도 얼지 않던 피가 태어나 자란 집에서 얼어가고 있었다.

나는 무슨 일이 있어도 여기 돌아올 수밖에 없었어. 그렇지만 돌아온 것은 잘못이었다. 여기 와서 따라붙은 것은 그 사실뿐이었다. 아무리 애써도 나는 '빨갱이'가 아니라는 말이 나오지 않았다. 그것은 자기변명이고 집에 있게 해달라고 비는 일이다. 왜 형이나 누나한테 빌 필요가 있느냔 말이다. 그런 굴욕은 인정할 수 없다.

'시베리아 귀환병'이라는 한마디로 정의되는 인간인 자신이

거리를 걸으면서 정면으로 '빨갱이'라 불린 적은 없다. 신문에서는 가끔 '추방'이라는 두 글자와 함께 '빨갱이'라는 인간으로 보도된다는 사실을 알게 되었다. 전화로 허허벌판이 된 도쿄의 전후 재건의 한복판에 나는 애물단지로 돌아온 것이다.

큰누나 기쿠에의 주선으로 부지 내 별채에 임시로 사는 것이 허락되었다. 일 년 뒤에 나간다는 조건이었다.

아내가 자기를 기다리고 있지 않는다는 것은 알고 있었다. 출정할 때 이미 마음이 멀어져 있었다. 둘 다 그 사실을 인정했다. 아이는 없었다.

친정에 돌아가 있던 아내에게 엽서만 보냈다. 일 년 뒤에 이혼했다. 이혼신고서에 도장을 받기 위해 만나러 가자, 뒤로 질끈 묶은 머리에 몸뻬* 차림의 모습밖에 기억에 없는 료코는 본 적 없는 파마머리에 긴자의 백화점에서 팔고 있음직한 원피스를 입고 있었다. 시부야에 있는 미용실에서 일하고 있다고 한다. 연극배우가 되려고 양성소에 다녔지만 가네사다가 군속으로 만주에 갔을 때에는 활동이 줄어서 친정집 제면소 일을 도왔다고 한다. 가네사다는 료코가 햇병아리 연출가와 급속히 가까운 사이가 되었다는 것을 알고 있었다. 료코는 시베리아 이야기는 하지 않고 "힘들었겠네"라고만 했다.

---

* 주로 여성이 밭일이나 겨울 나들이 때 입는 일종의 바지.

가네사다는 일거리만 찾으면 바로 나가려고 생각했다. 그렇지만 시베리아 귀환병은 일을 쉽게 얻을 수가 없었다.

그러다가 반년이 지날 즈음에 목욕탕에서 청소와 보일러 조수 일을 얻었다. 목욕탕을 물려받은 상속인이 초등학교 동창생인 것이 인연이 되었다. 폐 재목을 목욕탕 가마 사이즈에 맞춰 적당한 크기와 길이로 자르는 작업은 가네사다에게는 거저먹기였다. 그렇게 가늘고 나무껍질도 안 붙어 있는 매끈하고 건조된 기둥을 자르거나 쪼개는 일 따위 아무것도 아니었다. 그간 벌채하던 침엽수는 그 몇 배나 굵고 축축하고 무거웠다. 톱이나 도끼를 튕겨 내는 탄력도 있었다.

덕분에 무위한 나날에서 빠져나올 수 있었다.

목욕탕의 도쿠지로, '도쿠'는 공부는 못했지만 붙임성이 많고 운동신경이 좋은 남자였다. 목욕탕 밖에 내건 헝겊 간판을 떼고 문단속을 하면 도쿠는 가네사다를 끌고 가까운 바에 갔다. 그 바에서 도쿠하고 재회한 것이 일의 시작이었다. "일이 없어?"라고 말을 걸어준 것이다. 둘은 서로 전쟁중의 이야기를 단편적으로 했다. 살아서 돌아온 것은 도쿠도 마찬가지였다. 그런데도 "너 용케 살아왔다"라고 취할 때마다 몇 번이고 되풀이했다. 사리하마로 이사 가게 되었을 때 "바다는 좋겠지? 온천도 있지? 장작을 때지 않아도 되는 목욕탕이라니 부럽다. 나도 가고 싶어, 초대해줘"라고 했다.

사리하마는 죽은 동료가 돌아오지 못한 고향이었다.

손바닥에 들어갈 만큼 작은 유품을 간직하고 있었다. 여성용 손거울이었다. 어머니 것인지 애인 것인지는 알 수 없다. 동료가 그것을 쓰는 것은 한 번도 본 적 없지만 비단 주머니에 넣어 소중히 다루는 것은 알았다. 유품이라고 말을 수 있는 것이 그 것밖에 없었다. 가방 안감에 잘 숨겨서 갖고 귀국했다.

찾아간 동료의 집에는 아무도 없었다. 빈집이었다.

좁은 아스팔트길의 찰과상처럼 갈라진 틈에서 키 낮은 풀이 드문드문 자라 작은 하얀 꽃을 피우고 있었다. 그 골목에는 입을 꽉 다물고 있는 듯한 목조 가옥이 여러 채 늘어서 있었다. 골목을 빠져나가는 바람에서 생선의 비릿한 냄새가 난다. "어부네 집이 늘어서 있어" 하고 동료는 말했었다. 그 말이 기억나서 생선 냄새가 나는지도 모른다.

상가식 현관에 걸린 문패의 먹글씨는 지워져가고 있었다. 아무도 드나들지 않는 미닫이문은 모래 먼지를 뒤집어쓴 채였다. 비와 바닷바람에 나뭇결이 드러난 격자문 너머 유리창에서 어두운 실내는 보이지 않았다. 얇게 파도치는 유리창은 까만빛을 띠고 들여다보는 가네사다의 얼굴 윤곽만을 비쳤다.

이웃집 초인종을 눌러도 아무도 나오지 않았다. 지나가는 노파에게 물어봐도 의아한 얼굴을 할 뿐이었다. 맞은편 집 앞에 자전거를 세운 신문 배달원에게 묻자, "아, 이 집 어부는 전쟁이 끝나고 얼마 안 되어 죽었어요. 계속 빈집이지요. 친척이 오는 것 같지도 않아요"라고 대답했다.

가네사다는 요즘도 가끔 차로 근처까지 가서 빈집이 있던 주변을 걸을 때가 있다. 낡은 집은 십 년 전쯤에 갑자기 헐리고 일반 가옥이 세워졌다. 문패에는 다른 이름이 쓰여 있다.

죽지 않고 돌아올 수 있었던 가네사다는 일을 시작했다.

생명보험 영업소는 고마운 직장이었다. 학력도 전직도 묻지 않았다. 실적에 따라 급여가 올라갔다. 자기의 어디에 그런 말주변이 있었는지 의아할 정도로 영업적 화술이 쉽게 몸에 익었다. 계약을 따낸 뒤는 남보다 한층 더 애프터서비스에 힘을 쏟았다. 이럭저럭하는 동안에 부탁을 하지 않았는데도 고객이 다른 고객을 데리고 왔다. 남에게는 권하면서 가네사다는 사원 우대 혜택도 쓰지 않고 끝까지 보험에 가입하지 않았다.

구와타로도 죽고 기쿠에도 죽었다. 다른 형제들은 잘 있는 것 같았지만 연하장이나 제사 이외에는 연락이 없다.

시간이 지남에 따라 패전 후 몇 년간의 일이 아무한테도 설명할 수 없는 것이 되고 말았다, 고 느낀다. 아니면 아무도 듣고 싶어하지 않은 경험이라고나 할까? 이제는 남한테 이야기하고 싶다고 생각되지도 않는다.

가네사다는 밝은 미국을 동경했다. 일본을 철저하게 패배시킨 나라의 문화와 음악을 동경했다. 재즈카페를 시작한 것은 자기를 고무해주는 음악을 하루 종일 들으면서 지내는 방법으로 생각해낸 것이다. 재즈를 되풀이해서 듣는 동안에 그들은 대개 아프리카 대륙에서 노예로 끌려온 흑인의 후손이라는 사실이 떠올랐다.

음악이 아니면 해소되지 않는 고통도 있다. 계속 말로 생각해도 무엇 하나 바꿀 수 없다. 그렇다면 음악이다. 재즈 스윙의 뿌리를 더듬어가면 거기에는 도망갈 길이 없어 운명에 몸을 내맡긴 채 노래하며 몸을 흔드는 리듬이 있을 것이 틀림없다.

있는 일 없는 일을 재미있게 이야기할 때 가네사다의 눈은 활기를 띤다. 그것이 가네사다의 애드리브이고 스윙일지도 모른다. 제사 모임에서 이런 이야기를 한 적도 있었다.

재즈카페를 시작한 것은 돈을 벌려는 게 아니야. 아침부터 밤까지 큰 소리로 재즈를 듣고 싶었을 뿐이야. 장사로는 밑지거나 아니면 기껏해야 본전치기지. 그러니까 종교법인 재즈 템플로 만들면 손님한테 시주나 보시도 받고 세금도 내지 않거든. 재즈 카페 아닌 재즈 템플 길상吉祥이지. 해볼 길은 있다니까. 어때? 재즈 템플 길상. ―그래도 안 되면 이번에는 미국에 가는 거야. 그래도 안 되면 마지막은 애리조나 사막에서 쓰러져 죽거나 행려병자가 되는 거지. 공기가 건조하니까 즉신성불*……이 아니

---

* 현재의 몸 그대로 바로 부처가 되는 것.

라 즉석성불이겠군. 휴먼 저키(인간 육포)는 이리들의 좋은 먹이가 되지. 흔적이 없으니까 장례식도 계명도 무덤도 제사도 필요 없어. 서쪽 끝 황야의 이리장葬. 좋지 않아?

친척들은 제사 여흥이 또 시작되었군, 하는 얼굴로 애매모호한 미소를 띠고 있다. 그런 가네사다를 물끄러미 바라보면서 즐거운 얼굴을 하던 소년을 기억한다. 삼등친三等親이라는 것이 어디까지를 지칭하는 건지 모르는 가네사다는 소년이 자기하고 서로 어떻게 부르는 친척인지 모른다.

그때까지 제사에서 볼 때마다 얌전해 보이는 아이라고 생각했다. 초등학생이 막 되었을 무렵, 제사 때 오랜 시간 정좌했다가 쥐가 나서 꼼짝 못 하게 된 가오르에게 어떻게 하면 빨리 편해지는지 가르쳐준 일이 있다. 혈액과 임파선이 어떻게 순환하고 신경이 몸속을 어떻게 도는지, 어디를 누르면 어떻게 변하는지, 가네사다는 자기가 이해하고 있다고 생각했다. 하얀색의 니삭스knee socks를 고지식하게 무릎 아래까지 올려 신은 소년의 염소같이 가느다란 다리를 보았을 때 가네사다는 기습당한 것 같았다. 누구보다도 젊고 활발해야 할 나이에 그것은 금방이라도 부서질 것 같이 보였다. 사람의 몸은 싱거울 만큼 쉽게 부서진다. 가네사다는 그것을 여러 번 봐왔다. 삶에는 늘 덧없음이 수반된다. 가늘고 허옇고 애잔한 것이 저려서 꼼짝 못 하고 있다. 가네사다는 농담을 하면서 저림을 빨리 없애주려고 마사지를 해주었다. 쥐가 난 다리에 자극이 가해지자 가오루는 몸을 비틀면서 웃음 섞인 절규를 올렸다. 중학생이 되고 까만 교복 차림의 모습도 기억한다. 누군가의 미수인지 팔순 때였다. 가네사다가 되는 대로 떠드는 말을 놓치지 않으려는 듯 새하얘진 볼과 분홍색 귀로 소리 없이 웃고 있었다. 웃음소리가 들리지 않는 것은 자리가 떨어져 있기 때문인지도 모른다. 다음에 가네사다의 입에서 어떤 우스운 이야기가 튀어나올지 애오라지 애원하며 고대하는 얼굴이었다.

이렇게 예전을 떠올리면 이따금 소년이 신경 쓰이던 광경이 되살아난다. 그 기억이 어딘가에 있으니까 소년을 보내오겠다는 얘기에 선뜻 받아들일 마음이 되었는지도 모른다.

여느 때와 같은 얼굴로 여느 때처럼 더듬더듬 이야기를 나누는 친척들과 달리, 그는 당연한 듯 부자연스러웠다. 어디에도 들어맞지 못하는 애매모호한 표정을 스스로도 주체하지 못했다. 여름밤의 매미 같다고 가네사다는 생각했다. 목책에 매달린 채 등을 열고 갈라진 껍질에서 탈출했지만 아직 전신이 창백하고 축축한 날개는 주름투성이다. 다갈색 근육을 팽팽히 뻗고 단단한 날개로 날아오를 때까지 적어도 몇 시간은 걸린다. 막 부화했을 때의 매미는 땅과 하늘 사이에서 공중에 매달린 상태로 시간이 지나기를 그저 기다린다. 조금이라도 움직이다 들키게 되면, 변덕쟁이 고양이의 좋은 장난감이 된다. 가볍게 한 번 치거나 시험 삼아 살짝 물기만 해도 허망하게 목숨을 잃게 된다.

시험 친 네 군데 고등학교 중, 가오루가 붙은 곳은 한 군데뿐이었던 것 같다. 고이치는 "베이도메에는 합격했어요"라고 했다. 가네사다의 귀가 처음 듣는 말이었다. 베이도메라니 어떤 한자를 쓰냐고 물어보니까 학교 이름이 아니고, '미끄럼방지'를 뜻한다고 한다. 그런 말이 있는 것조차 가네사다는 몰랐다. 가오루가 등교하지 않게 되면서 죽고 싶다느니 뭐니 하고 소리치는 장면도 있었던 것 같다. 친척이기 때문에 오히려 알리고 싶지 않은 것도 있을 텐데 조카인 고이치는 지금까지의 경과를 있는 그대로 전달했다. 선생으로 일하는 입장에서는 부끄럽기도 했을 것이다. 현재의 힘든 상황을 담담하게 전하는 목소리에 비해 실제로는 상당히 궁지에 몰려 있는 것이 아닌가 싶었다.

가네사다도 과거 궁지에 내몰려 있었다. 친척은 전부 적이라고까지 생각했다. 그때부터 이십 수년이라는 세월이 흘러 지금 혼자 있는 자기 삶이 이렇게 안정되고 구와타로의 아들한테 부탁을 받게 될 줄은 당시의 가네사다는 상상도 못 했다.

가네사다는 가끔 눈을 감고 지구를 조감하는 일이 있다. 인류는 아프리카에서 태어나 지구상을 전전하고 이동하면서 퍼져나간 것 같다. 인종의 차이는 단순한 가지 분화와 진화의 결과이고 모든 것의 출발점인 아프리카 대륙에서 생각한다면 흑인 노예도 백인도 조상이 같아진다. 그렇다면 지금까지의 인류는 커다란 지구를 뒤덮은 바다 같은 것이 아닐까? 바다는 전부 연결되어 있다. 거기에 나타난 일본인의, 게다가 이름도 없는 일족이라면, 어쩌다 바람에 쏠려 바다 표면에 모습을 드러낸 한 줄기 하얀 파도에 지나지 않는다.

복원하고 거절당했을 때부터 가네사다는 친척이라는 것에 대해 거듭 거듭 생각했다. 오 년 지나고, 십 년 지나고, 이십 년 남짓한 시간이 지나고 나서 내린 결론이 그것이었다. 친척이란 커다란 바다에 나타난 잔물결에 지나지 않는다. 조류나 바람에 뒤틀리는, 수동적으로 태어난 우연의 주름 같은. 부모의 부모, 또 그 부모의 부모로 거슬러 올라가면 가계도는 종으로뿐 아니라 횡으로도 확대되어 간다. 그 확대는 세로 방향이든 가로 방향이든 바로 안개 속에 뒤섞여서 더듬어갈 수 없게 될 것이다. 더듬어가지 못하는 그 앞으로 가서 모든 선을 이어가면 언젠가는 너나 나나 누군가와 연결되어 있다, 는 얘기가 되지 않을까?

눈앞의 친척들과 결별해도 바다를 떠돌며 살아간다는 의미에서는 같다, 가네사다는 그렇게 생각했다.

큰 바다에서 태어난 파도가 점차 연안에, 기슭에 가까워지면, 무겁고 깊을 터인 바다는 육지가 만드는 새로운 조수의 흐름과 퇴적한 모래 두께에 조금씩 힘이 꺾인다. 파도를 지탱하던 바닷물의 두꺼운 층은 순식간에 얇아지고 끝내는 레이스 커튼처럼 평평해지다 해변에 오면 완전히 힘을 잃고 모래사장을 다정하게 쓸면서 힘을 잃는다.

바닷물이 거품을 남기고 모래에 스며들면서 사라지는 부근에 귀를 갖다댄다. 해변 저 안쪽 깊은 곳으로 빨려 들어가면서 바닷물과 거품이 모래를 희미하게 움직이는 사각사각하는 소리가 들린다. 가네사다도 가오루도 사각사각 소리를 내면서 사라져 가는 거품인 것이다. 엄지손톱만큼의 크기밖에 안 되는 이름 모르는 옅은 분홍색 게가 부글부글 뱉어낸 거품을 물끄러미 보고 있다. 거품이 된 가네사다에게도 가오루에게도 그 게는 보이지 않는다. 돌아보아도 올려다보아도 이제는 아무것도 보이지 않는다. 둘은 따로따로 모래사장에 빨려 들어가 그냥 사라진다.

가네사다가 우편으로 보낸 손그림지도를 한 손에 들고 보스턴백 하나를 든 가오루가 왔다. 저녁이 다가오는 시간이었다. '오부브'의 문을 열고 들여다보던 가오루는 눈매 부근이 점점 더 고이치를 닮아가고 있었다. 그렇지만 그런 말은 하지 않는 편이 좋겠지. 틀고 있던 음악은 마침 피아노 솔로였다. 손님은 안쪽 테이블에 세 명뿐. 뭔가 열심히 이야기를 나누고 있다. 가네사다의 "잘 왔어"라는 소리에 가오루는 귀가 빨개져선 "안녕하세요"라고만 했다.

가네사다는 우선 오카다가 사는 아파트로 가오루를 데리고 갔다.

아파트 문을 열자 혹 다다미 냄새가 났다. 낮의 더운 공기를 내보내려고 남쪽 유리창과 부엌 쪽 유리창을 활짝 열었다. 바다에서 불어오는 바람이 빠져나간다. 방 설명을 간단히 했다. 짐을 놓고 둘은 다시 가게로 갔다. 하늘은 저녁노을로 물들고 있었다. 멀리서 파도 소리가 들린다.

가게에 돌아가자 모처럼 손님이 한 사람도 없었다. 낮 손님과 밤 손님이 교대하는 바람이 멎는 시간대였다. 오카다는 손님이 없으면 그때 마음 가는 대로 레코드를 튼다. 남녀가 대사를 교대로 주고받는 업 템포의 듀엣곡이 흐르고 있었다. 가네사다는 그 노래를 몇 번인가 들었다. 오카다는 밝은 노래를 좋아하는구나, 라고 생각했다. ……파티는 끝났어, 담배꽁초에 빈 깡통, 잔이 흩어져 있고, 뒤처리가 큰일이네. ……연극 조로 한숨을 쉬면서 두 미국인 남녀가 노래했다.

"이쪽은 오카다. 오카다 시게카즈. 자네 방은 1층 제일 안쪽이었잖아? 오카다 방은 맨 앞. 어려운 일이 있으면 뭐든지 오카다한테 물어봐."

"네" 하고 가오루는 고개를 숙였다.

테이블과 카운터를 요령 있게 닦고 있던 오카다가 고개를 숙이는 가오루를 힐끗 보고 "오카다입니다. 잘 부탁해요"라고 하

면서 시선은 테이블로 되돌리고 손은 계속 움직인다. 까다롭지
는 않지만 바로 친해질 만큼 쉬운 느낌도 아니다. 가오루는 조
금 안심한다. 이것저것 질문하면 어떡하나 걱정이었다. 질문받
을 때마다 공기를 마시게 된다.

가네사다는 핑크색 전화로 "무사히 도착했어"라고 도쿄의
가오루네 집으로 전화했다. 가네사다는 전화번호를 외우고 있
나 보다. "바꿔줄까?"라고 가오루에게 소리를 내지 않고 입 모
양만으로 묻는다. 가오루는 "아니오, 괜찮습니다"라고 속삭이
듯이 말하고 가슴께에서 손을 작게 흔들었다. 그 모습을 보며,
"컨디션은 괜찮은 것 같아. 그럼 뭔가 있으면 연락하지. 아무 일
없겠지만…… 그래, 그래. 그럼 안녕"하고 수화기를 내려놓는
다. 도쿄에서는 텔레비전을 켜놓은 채 저녁식사를 할 시간이다.

아침밖에 먹지 않았다고 듣고 오카다가 나폴리탄 스파게티
를 재빠르게 만들었다. 가오루는 입가를 붉게 물들이면서 왼손
으로 천천히 먹었다. 그냥 서 있을 때보다 먹는 모습이 훨씬 어
려 보인다. 가네사다는 가오루의 왼손 움직임과 군살 없는 등을
보면서 가오루가 끌어안고 있는 것이 희미하게 보이는 것 같았
다. 잘 왔어 — 마음속으로 다시 말했다.

그러고 보니 그랬었지. 가네사다는 잊고 있었던 사실이 떠오
른다. 제일 어리다는 이유도 있지만, 제사 때는 왼손잡이 팔꿈
치가 부딪치지 않게 언제나 왼쪽 끝자리에 앉았다. 그래서 가네

사다하고는 늘 자리가 멀었다.

"내일도 한번 점심때쯤에 가게에 와봐. 아침은 오카다하고 의논하고. 방에 작은 욕조는 있지만, 공중목욕탕 쪽이 좋을 거야. 온천이거든. 공중목욕탕도 오카다에게 물어봐"라고 말하고 가네사다는 얼마 있다가 가게를 뒤로했다.

저녁에는 가게를 오카다한테 맡길 때가 많다. 식사는 밖에서 하고 그 뒤는 바에 간다. 가오루 일은 오카다에게 미리 부탁해 두었다. 도쿄에서 피난 오는 거야, 당분간 마음대로 지내게 해 주면 돼. 가게를 도울 수 있을 것 같으면 사양하지 말고 돕게 해. 손발을 움직이는 편이 여러 의미에서 좋을 거야. 근본은 착할 거야. 진솔하고 말이지. 가네사다는 오카다에게 그렇게 설명했다.

스피커에서 나오는 음악 소리에 집중하면서 가오루는 시선을 어디에 둘지 찾지 못하고 있었다. 아무 말도 하지 않는 오카다 등 뒤에 빽빽하게 늘어서 있는 레코드를 그저 바라보면서 자기가 이미 도쿄에서 멀어졌다고 실감한다. 오늘 기차 차창으로 보이던 것들, 긴 거리와 오랜 시간을 머릿속에서 떠올리면 발이 지면에서 붕 뜬 것 같은, 뭔지 진정이 되지 않는 기분이다. 해방된 건지 내쫓긴 건지. 누가 시킨 것도 아니고, 자기가 원해서 온 것이다. 긴장되면서도 소리 지르고 싶은 마음이 밑바닥부터 거품처럼 솟구친다.

그렇게 느낌과 동시에 배가 아플 만큼 팽팽하게 공기가 고여 있다는 사실을 깨닫는다. 가오루는 화장실에 갔다. 화장실에 꽃이 꽂혀 있다. 생화인지 손으로 만져보니 서늘해서 생화인 줄 알았다. 화장실에 앉아서 고여 있는 공기를 내보려고 한다. 긴장해서 잘 안 된다. 섰다 앉았다 하면서 배 속에 있는 것을 움직여보려고 하지만, 아플 뿐 아래로 내려가지 않는다. 이럭저럭하는 동안에 탕탕 노크 소리가 난다. 작게 탕탕 가오루도 두드렸다. 할 수 없다. 안 나오는 건 안 나오는 거야. 가오루는 데님 바지를 추어올린 뒤 손만 닦고 화장실에서 나왔다.

화장실에서 돌아올 때 카운터 오른쪽 끝에 있는 핑크색 전화기 밑 선반에 있는 만화책이 눈에 들어왔다. 가오루는 만화를 들고 카운터로 가서 읽기 시작했다. 마을에서 떨어진 어두컴컴한 숲속 늪가에서 기모노를 입은 까만 머리의 소녀가, 산탄총에 맞아서 죽어가는 기러기를 집어들어 숨통을 끊는 장면이 있었다. "아무리 발버둥 쳐도 별수 없을 테니까"라고 소녀가 말한다. 그리고 간단하게 기러기의 목을 비틀었다.

8

고등학교는 냉방이 없는 것은 물론 난방도 없다. 한겨울 아침
은 교실에서도 뱉는 숨이 하얘졌다. 문무겸용을 기치로 내건 학
교니까 말할 것도 없이 정신 수양의 일환으로 "난방은 없다"고
결정한 것인지도 모른다. 그렇지만 정월에 샅바 하나 걸치고 바
다에 들어가거나 폭포를 맞거나 하는 남자들도, 아침부터 밤까
지 계속 그렇게 하는 것은 아니다. 축제나 수행이 끝나면 모닥
불도 피우고 술도 나누어 마신다. 가오루들은 발가벗고 샅바만
걸친 것이 아니라 까만 교복이었지만 애당초 그들한테 '정신
수양' 따위의 의식은 전혀 없으니까 그저 불합리하게 추울 뿐
이다. 추위에 익숙해지지 않는 분노에 욕구불만까지 겹쳐서 교
실에서 모닥불이라도 피울 것 같은 불온한 얼굴이 여러 개 늘

어서게 된다.

도쿄에서 1, 2위를 다투는 유명한 진학 명문교에도 '난방이 없다'고 가르쳐준 것은 그 명문고가 일지망이었던 오시마 야스히코였다. 이지적이고 키가 크고 선이 가늘지만 별명은 '거물'이었다. 삐딱하게 생각하거나 얼렁뚱땅 농담으로 돌리지 않고 의문이 있으면 곧이곧대로 생각하는 오시마는 가오루의 몇 안 되는 친구 중 하나였다. 오시마에게는 거리낌 없이 질문할 수 있었다.

"왜 난방을 안 하는 걸까?"

"경지에 이르면, 불조차 시원하다心頭滅却すれば火もまた涼し 같은 걸까? 추운 것과 더운 것이 반대지만."

"불이 아니라 얼음이라든가 눈이라든가 그런 걸 쓴 속담은 없어?"

오시마는 잠시 눈을 치켜뜨고 생각하더니,

"갓파河童*의 동계훈련**일까?"라고 했다.

"그게 뭐야?"

"보기에는 힘들 것 같아도, 실제로는 그렇지 않다는 의미야."

오시마는 진지한 얼굴이었다. 가오루는 웃음을 터뜨렸다. 손을 삼 초도 집어넣고 있을 수 없는 얼어붙은 강을 갓파 무리가

---

* 물속에 산다는 어린애 모양을 한 상상의 동물.
** 겨울에 수영 훈련을 해도, 빨가벗고 물속에 사는 갓파는 아무렇지 않다.

숙연하게 하류를 향해 헤엄친다. 혹은 얼어붙은 강 위를 갓파 한 마리가 엎드려서 미끄러져 간다. 어느 쪽이나 생각만 해도 몸이 오싹해진다. 자신이 갓파라면 '갓파의 동계훈련'으로 틀림 없이 배탈이 날 것이다. 갓파는 아마도 개구리 계통의 변온동물 일 테니까 훈련은커녕 동면하고 있는 게 아닐까 생각했지만 오 시마한테는 말하지 않았다.

겨울이 되면 누구보다 신나는 것은 검도 선생이다. "춥다는 등 떠드는 것은 수양이 부족해서야"라고 자못 말하고 싶어하는 눈으로 학생들을 보는 것 같지만 실은 아무도 보고 있지 않다.

도장에 들어가면 개인 잡담은 엄금이다. 웃는 것, 재채기도 금지, 규칙을 어기면 맨발로 운동장을 네 바퀴, 심한 때는 여덟 바퀴 돌아야 한다. 200미터 트랙을 얼굴을 보호하는 호구를 쓰 고 몸통 호구며 호완까지 갖춘 채 달리면, 그것만으로도 토할 것 같다.

달마 같은 둥근 대머리에 달마 눈과는 정반대의 가는 눈이다. 가는 눈은 학생들 이마나 턱 부근을 본다.

"상단자세*. 뒤쪽에 조심해. 시작!"

가오루는 죽도를 꽉 쥐었다. 수영장에 얇은 얼음이 어는 날에 도 호완 안쪽은 늪 바닥 아니면 시궁창 바닥 같다. 섬뜩한 부드

---

* 칼을 머리 위로 높이 들어 겨눈 자세.

러움을 느끼면서 죽도를 쥔다. 도장 바닥을 스치는 듯한 발걸음으로 앞뒤로 이동하면서 상단 자세에서 상대의 손목 부분을 치고 다음에 머리 찌르기를 노린다.

의식하지 못한 채 뒤로 너무 물러서서 상단 자세를 취한 순간, 뒤쪽에서 쨍그랑 소리가 났다. 대전 상대의 자세가 흐트러지고 가오루 뒤를 올려다본다. 뒤돌아보자 가운데 마당에 면한 유리창 제일 위 유리가 한 장 깨끗이 깨져 있다.

사과하러 가자, "수업 끝난 뒤에 듣겠다"라고만 선생은 말했다. 검도부 동급생이 빗자루와 쓰레받기를 가져와 유리 파면을 같이 치워주었다. "이 유리, 얇아서 금방 깨져." 검도부원이 작은 목소리로 말했다.

가오루는 교사 대기실에 있다. 달마의 눈을 독점한 채 아까부터 서 있다. 의자에 바르게 앉아 책상에 양손을 올려놓은 선생은 가오루 뒤에 서 있는 누군가를 응시하듯 하면서 가오루하고는 시선을 마주치지 않는다.

"죄송합니다."

선생은 미동도 하지 않고 아무 말도 안 한다.

대기실은 석유스토브가 있어서 따뜻하다. 스토브 위에는 주전자에 물이 끓고 있다. 수증기가 올라가는 소리가 희미하게 쉬익하고 들린다. 가오루 양손에서 유쾌하지 않은 냄새가 올라온다.

침묵이 이어진다. 부주의로 유리를 깼다고 사과하는 것으로는 안 되는 걸까? 뭔가 미처 알아차리지 못한 잘못을 저지른 것일까? 가오루는 자기 행동을 머릿속에서 돌아보고, 생각하고, 잠자코 있었다.

방 안에 뭔가가 가득 차 숨이 가빠지기 시작했을 때, 선생이 입을 열었다.

"내가 뭐라고 했지?"

여전히 선생의 눈은 가오루의 눈을 보지 않는다.

가오루는 "뭐라고 했는지" 떠올린다. 자신의 실패와 관련된 것은 금방 찾을 수 있었다. 선생의 침묵은 유리창을 깬 실책을 인정하게 하는 것보다 이 장소를 통치하는 것이 누구인가를 재확인시키는 의식 같았다.

"……뒤쪽 조심하라고 말씀하셨습니다."

선생은 한 박자 쉬고, "뒤쪽을 조심한다, 내 말을 지키지 않았어."

"……네."

"다음 수업 시작해. 빨리 가."

선생은 그렇게 말하고 가오루를 보지 않은 채 일어섰다. 가오루는 죄송합니다라고 하고 다시 고개를 숙인 뒤 방을 나왔다.

악취 나는 양손을 흔들면서 빠른 걸음으로 복도를 걷는다. 잘난 척은, 대답만 하게 하고 눈은 절대로 맞추지 않는다. 입을 여는 것도 최소한. 오십 분간 거기에 발이 묶인 채 선생의 명령에

순종하지 않은 자, 미처 순종하지 못한 자는 침묵 가운데 부정당한다. 지옥 바닥 같은 호완을 끼게 하고 그 불만도 말할 수 없는 세계에 도대체 무슨 의미가 있다는 건가? 오로지 송구해하고 사과만 했던 만큼, 가오루 뱃속에서 저주하는 목소리가 잇달아 솟구쳐 올라와 가라앉지 않는다. 뒈져버려, 하고 가오루는 중얼거렸다.

'너희'의 일본사는 가오루가 가장 못하는 센고쿠戰國 시대에 접어들고 있었다. 기근이 되풀이 되어도 식량을 비축해둔 무사들은 먹을 것이 있었을 것이다. '너희'가 주목하는 승패의 분기점보다 애당초 식량을 자기 손으로 생산한 농민들이 굶어 죽어간 것이 가오루의 가장 큰 관심사였고 분노의 원인이었다. 자기들이 생산한 쌀을 먹지 못하고 조와 피만을 먹다 기근이 나면 굶어 죽는다. 농민에게는 무사들이 올리는 승전고 따위 천둥소리만큼의 가치도 없다. 천둥이 치면 적어도 비가 내리고 논밭이 물기를 머금는다.

유도는 잘 못해서 싫었지만 유도 선생은 싫지 않았다. 달변이고, 설명이 자세했고, 잘난 척하지 않았다. 선생의 어미를 길게 끄는 독특한 말투를 학생들이 자주 흉내 냈지만, 전달하려는 마음의 반영이라고 가오루는 듣고 있었다. "어이"라고 부르지 않고, "어어이"라고 부르는 것은 일방적이기를 바라지 않는, 다가서는 마음의 발로라고 느껴졌다.

"어이"라고 불리면 화가 날 것이다. "어어이"라고 부르면 돌아볼 마음이 된다.

"맞붙어 싸울 때는 말이야, 엄지손가락이나 검지에는 힘을 주지 않아. 꽉 쥐지 않는 거지. 이 점이 중요하거든, 힘을 주는 것은 가운뎃손가락, 약손가락, 새끼손가락 세 개만. 알았지?"

선생은 유도장 가운데를 잘 돌아다닌다. 학생들 사이에도 훅 들어온다. 그때 마침 가장 가까이 있는 학생을 붙잡고 그 자리에서 맞잡기 설명을 시작한다. 학생들은 그 불의의 맞잡기 모델이 되기를 두려워하면서도, 즐기고 기대하는 기척이 있다. 다다미는 마루로 된 검도장보다 더 차서 발바닥이 저릴 것만 같다. 차가워진 다다미는 더 딱딱하게 느껴진다. 낙법 연습에서 탄력을 붙여 앞으로 크게 구르고 나서, 겨드랑이와 팔, 손으로 다다미를 내리치면, 가오루는 자기 몸이 가볍고 얄팍하다고 느낀다. 굳히기에서는 맞잡은 상대의 완력과 체중이 우세해서 그저 무기력하기만 한 자신을 통감하게 된다. 오전 수업이기는 하지만 이미 들이마신 공기가 배에 고여 있는 탓에 낙법 연습 때 기술에 걸려서 넘어진 순간, 가오루는 방귀를 뀌었다. 몸이 내동댕이쳐지는 소리랑 다다미에 스치는 소리, 기합과 함께 나오는 신음에 섞여는 있었지만, 자기 귀에는 확실히 들렸다. 쑥스러운 웃음을 지을 틈도 없게, 이상하게도 아무도 놀리지 않았다.

기술을 걸고 걸리는 움직임에는 물리적 원리가 있다. 거기에는 의사意思를 초월하는 무엇인가가 절대적으로 작용하고 있다. 둘이 맞잡은 순간, 둘은 상하좌우로 이동하는 물리적 작용이 되어 떨어졌다 가까워졌다 하면서 각각 반대쪽으로 가려는 양끝을 가진 생물이 된다. 이런 기술을 고안하고 기술을 걸면서 누군가가 개량을 가한 흔적을 피부나 근육, 몸의 경사로 느낄 수 있다. 맞잡은 상대의 실력이 분명히 자기보다 위면 자기 완력도 반응하는 속도도 도저히 따라갈 수 없다고 바로 안다. 자기 몸이 바로 흡수당한다.

유도복이 벗겨지는 것이 합리적이 아니라고 생각되었고 애당초 던지는 것도 내동댕이쳐지는 것도 싫었다. 유도 시간이 없는 게 제일 좋지만 그래도 마지못해 유도장에 들어가서 그날 맞붙을 과제에 겁먹으면서도 선생의 지도를 듣고, 보고, 실제로 해보면, 재미있다 느낄 때도 있었다.

어느 날, 유도 선생이 수업 마지막에 이런 이야기를 하기 시작했다.

"첨단공포라는 거 알아? 바늘이라든가 가위라든가 송곳이라든가 연필같이 끝이 뾰족한 것을 보는 것이 무서운 신경증이지. 나는 말이야, 그 첨단공포증이 있어. 이렇게 이야기하고 있으면 뾰족한 것을 상상하게 되어서 공포가 솟구쳐. 눈을 뜨고 있지 못할 만큼. 왜 그렇게 되었는지는 나도 몰라. 인간은 말이야, 아무도 신경 쓰지 않는 것에 신경 써. 그렇게 사로잡힐 때가 있다니까!"

갑작스러운 이야기이었고 유도하고도 관계가 없는 것 같았고 왜 그런 이야기를 학생들한테 하는지 당혹스러움이 컸지만 가오루는 유도 선생의 부드럽고 약한 부분을 본 것 같아서 그 뒤로도 가끔 그 장면을 떠올렸다.

쉬는 시간은 교실과 베란다, 복도 범위 내에서 시간을 보낼 수밖에 없다. 쉬는 시간이 한시라도 빨리 시작되면 좋겠다 싶지만 막상 시작되면 가능한 한 빨리 끝났으면 좋겠다 싶기도 하다. 벨이 울리면 가오루는 남보다 빨리 화장실로 뛰어가 화장실 물을 내리면서 고여 있는 공기를 내보낸다. 그리고 바로 화장실에서 나온다. 빨리 나오지 않으면, "똥 쌌지?"라고 놀릴까봐 경계한다. 좀 더 심한 말을 들을 수도 있다.

운동장은 도심 내 학교라고 생각할 수 없을 만큼 넓었지만 쉬는 시간에 거기까지 가서 노는 사람은 없다. 기껏해야 교실 베란다에서 맴돌 뿐이다. 베란다는 2미터 정도 폭이 있고 다른 교실 베란다하고 연결되어 있다. 모여 있는 것은 되지도 않는 소리이거나 말하기 좋아하는 시끄러운 녀석들에게 한정되고 조용히 밖을 내다볼 수도 없다. 얌전한 학생들은 교실 안 자기 자리 주변에서 어중간하게 섰다 앉았다를 반복한다. 가오루는 화장실에서 돌아오면 대개 자기 자리에서 무료하게 지낸다. 오시마가 가까이 오면 미국과 영국의 최근 록 이야기를 한다.

아무도 말을 걸어오지 않고 아무한테도 말을 걸지 않는 것은 구리타 겐지이다. 구리타는 이과에서 아마도 학년 전체 1등으로 별명은 '김밥 도시락'이다. 멀리서 보면 똑같아 보이는 김밥 도시락을 매일 먹고 쉬는 시간에는 곁눈질도 하지 않고 등줄기를 곧추세우고 문고판을 읽는다. 책 두께로 보아 도스토옙스키이나 토마스 만 혹은 내가 모르는 작가일까? 언제나 서점 커버가 씌어 있어서 알 수가 없다. '김밥 도시락'이라는 별명이 붙고, 이과 톱, 아무도 상대하지 않는다, 가 정착되자 아무도 건드리지 않게 되었다. 한편 편안하게 말 걸기가 쉬운 가오루는 장벽이 낮은 것 같다. 말을 걸면 그때마다 그것에 대해 뭔가 대답을 한다. 그러는 사이에 영락없이 공기를 마시게 된다. 공기는 목구멍에서 식도를 지나 위를 부풀게 하고 이윽고 장으로 들어간다.

남자 학교니까 베란다든 교실이든 상관없이 야한 이야기가 날아다닌다. 어디에선가 수상쩍은 사진도 돌린다. 자기 성적 취향을 웃기게 이야기하면서 잘난 척하는 녀석도 있지만 진짜로 경험한 적은 없는 것 같다. 남녀공학이던 중학교에 비해 억제가 되지 않는 만큼 유치한 말투가 과해진다. 베트남전 이야기를 하는 녀석도 있다. 텔레비전 드라마나 가요 이야기도 한다. 사야마 재판* 투쟁집회 전단을 들고 오는 녀석도 있다. 가오루는 각

* 1963년 사야마 시에서 고등학생 소녀가 강간 살해된 사건. 용의자로 지목된 이가 천민 취급을 받는 부락민 출신이었는데, 출신 탓에 원죄를 뒤집어씌운 게 아니냐는 공방이 오십여 년 계속되었다.

각 나름 대답하기 때문에, 이 녀석은 관심이 있구나 하고 오해 받는다. 이제 와서 구리타 겐지처럼 행동할 수도 없고 공연히 공기 섭취량만 늘어날 뿐이다.

이상하게도 입시 이야기는 거의 나오지 않는다. 가장 큰 관심사이기 때문에 서로 그 화제를 피하는지도 모른다. 남은 이 년 남짓한 시간은 대학 입시로의 활주 단계에 지나지 않는다. 교실에서의 막연한 대화는 이륙을 향해 기체를 이동시키고 프로펠러 회전수를 올리는 소음 같은 것이다.

중학교는 지역 공립학교였고 방과 후에도 학교 주변에서 노는 일이 많았다. 고등학교는 사립이고 모두가 전철과 버스로 통학하고 있다. 특별활동에 열심인 놈 외에는 그대로 집에 돌아가든지, 학원이나 입시학원으로 간다. 이케부쿠로를 경유하는 통학생은 이케부쿠로에서 내려서 비디오게임을 하는 것 같다. 가오루는 버스로 통학하다 보니 도중에 들려서 놀 곳이 없다. 아침에 버스를 타고 북쪽으로 향해 고등학교에 가고, 낮에는 요리를 싫어하는 어머니가 만든 도시락을 먹고, 그리고 또 버스를 타고 남쪽으로 가서 집으로 돌아간다. 그 반복이었다.

가오루가 고등학교에 다니지 않게 되자 담임이 전화해서 주말 저녁 무렵에 한 번 집에 찾아왔다. 윤리 사회 담당 선생으로 거의 웃음을 보이지 않고, "철학 교육을 소홀히 하는 일본 교육은 십 년, 이십 년 후에 그 결과를 보게 될 것이다"라고 했다. 어머니한테서 담임선생이 온다는 소리를 듣고, 가오루는 구립 도서관에 가서 담임을 피했다. 나중에 어머니한테 들은 바로는, 2학기에도 하루도 출석하지 않으면 진급이 어려울 것이다, 라는 예상대로의 이야기였다. 가오루를 설득하려는 시도는 없었던 것 같다.

"다로는 모르는 사람이 싫어? 선생이 갈 때까지 숨어서 한 번도 얼굴을 안 보였지?"라고 다로에게 말을 거는 어머니가 어딘가 흐뭇해하는 것을 보고, 내가 이대로 학교에 가지 않게 되어도 상관이 없단 말인가 싶기도 했다. 만일 그렇다면 반은 안심이지만 반은 바닥 모를 두려움이 서렸다.

아버지나 어머니처럼 선생으로 일하면 가오루 같은 학생도 드물지 않게 만났을지도 모른다. 아니면 무방비하게 낙관하고 있는 걸까? 그렇다면 그것은 어머니뿐이지 아버지가 낙관할 리는 없을 것이다. 인정하고 싶지 않지만 자기의 비관적인 성격은 아버지를 닮은 것 같다고 생각한다. 어머니는 가오루의 능력을 과대평가하는 면이 있다. 가오루는 어머니가 생각하는 것처럼 야무지지 못하다. 머리도 좋지 않다. 강하지도 않다. 고등학교에 다시 다니는 것은 도저히 무리라는 가오루의 감정을 어디까지 이해하고 있는지 의심쩍다. 아버지는 반쯤 체념한 게 아닐까? 아버지는 가오루의 능력을 가오루 본인보다 엄격하게 평가하고 있을 것이다. 그리고 자기는 아들에게 힘이 되지 못한다고 일찌감치 결론을 내버린 것 같은 얼굴을 하고 있다. 거기에 교사로서의 경험이나 판단도 들어가 있는 것인지 어떤지 가오루는 알 수 없다.

도서관에서 돌아오자 다로는 여느 때보다 어리광을 부렸다. 2층으로 계단을 올라가는 가오루의 발밑을 빠져나가듯 추월해서 먼저 방으로 들어간다. 책상 앞에 앉아 그저 멍하니 있으니까 다로가 무릎 위에서 그렁그렁 목을 울린다. 가오루는 그대로 잠이 들었다. 다로도 아마 자고 있을 것이다. 다로가 뭔가 듣고 뛰어내리자 가오루도 잠이 깼다.

문턱에 걸어놓은 채인 교복을 옷장에 집어넣고 문을 닫았다. 중학교에 진학하고 나서 사 년 남짓 계속 금단추에 까만 스탠드칼라의 군복 같은 교복이 주어졌다. 플라스틱제 하얀 칼라를 스탠드칼라 안쪽에 똑딱똑딱 채우는, 그따위 싸구려 장치는 도대체 누가 고안한 걸까? 무겁고 움직이기 어렵고, 자주 빨지도 못하는 비위생적인 옷을 입는 이유가 학생 측에는 없다. 그저 학교나 사회의 편의를 위한 것이라고 생각한다. 학교에 돌아가는 일이 있어도 교복은 두 번 다시 안 입을 거다. 가오루는 마음먹었다.

"도쿄는 어때?"

오카다가 높낮이 없는 목소리로 물었다. 그리운 건지 싫어하는 건지 아니면 관심을 잃은 건지. 오카다의 마음은 보이지 않는다.

모처럼 폐점 전에 손님이 없어 둘이 되었다.

"도쿄밖에 모르니까…… 다른 곳하고 비교할 수는 없지만."

가오루는 그렇게 말했지만, 어떻게 말을 이어야 할지 알 수 없었다.

"도쿄에서 태어나고 자랐을 테니까 말이야. 나도 그렇고."

오카다는 유리잔을 닦으면서 툭 말했다.

"……앞으로도 도쿄에서 살아간다고 생각하면 좀 숨 막히는 것 같다, 인가?"

"사람이 너무 많아요."

"자연이 전혀 없지. 말 달리는 평원도 없고."

오카다는 안 웃으려고 했지만, 참지 못하고 웃음을 터뜨렸다. 폐점 시간이 다 되어서 그런지 기분이 좋다. 드물게 말수가 많다.

"……아, 미안. 이해는 해. 다만 몽골평원에도 고생은 있을 거고 답답함도 있을 거라고 생각해. 사람이 모여 사는 것은 마찬가지니까."

"그건 알아요."

"그렇지만 어느 정도 자연이 남아 있지 않으면 마음의 도피처가 없지. 눈에 보이는 광경 모든 것에 사람 손이 닿아 있고, 주인이 있고, 이름이 붙어 있고, 경계선이 있어서 멍하니 생각 없이 바라볼 수 있는 데가 없으니까…… 그런 이야기하고는 다른가?"

"아뇨, 그런 이야기입니다."

"시야 전체에 바다만 펼쳐져 있다든가, 동서남북을 알 수 없는 어두운 숲속에 혼자 있게 된다면, 사실은 무섭지만 말이야. 텐트도 없이 혼자 숲에 버려졌다던……."

그래도 학교보다는 무섭지 않다고 가오루는 생각했지만, 말하지는 않았다.

오카다의 목소리 톤이 바뀌었다. 마음 편한 목소리가 되었다.

"고등학교 졸업하면, 대학에 갈 거야?"

"아직 고2니까요."

"아, 그렇지. 그렇지만 금방이야. 멀다고 생각하다 보면."

오카다가 가오루의 상황을 얼마만큼 알고 있는지는 모른다. 친척 고등학생이 여름방학에 와 있을 거다. 그렇게만 듣고 있는 건지. 지금 그 이야기를 할 기분은 아니었다. 오카다도 갑자기 그런 이야기를 들으면 곤란할 거라고 가오루는 생각했다.

"……고고학에 관심이 있어요. 만일 대학에 간다면 말이지만."

"이집트라든가 피라미드?"

"일본이 아직 국가가 아니었을 때의 인간은 어땠을까 같은 것."

"그래? 그건 또 어째서?"

"일본인이라든가 조몬진縄文人*이라는 말은, 어느 땐가 뒤돌

---

* 기원전 만 년 전부터 기원전 3세기 전까지 일본의 산석기시대에 살았던 사람들.

아보며 누군가 붙인 이름이겠지요? 그런 명칭을 자기들에게 달지 않았던 시기요."

"취락이라든가 촌락은 있지만 나라는 아직 없을 때 말이지?"

"네, 자기가 누굴까 생각할 때 일본인이라는 의지할 근거가 없던 시대."

"그 시대의 뭘 알고 싶은데?"

"인간관계요. 지금하고 뭐가 같고, 뭐가 다른지."

음악이 끝나고 오카다는 레코드플레이어의 암을 올린 뒤 전원을 껐다.

'오부브'가 조용해지고, 환기팬 소리만 들린다.

"인간관계? 쉽지 않겠네. 발굴 작업으로 발견할 수도 없고 말이야."

"네, 그렇게 생각합니다."

"가족이라든가 취락은 있었겠지만 지금하고는 상당히 달랐을 거야. 태어나도 병으로 눈 깜짝할 사이에 죽지. 수명도 짧아. 가족이 눈앞에서 무슨 병인지도 모르고 죽어가고……."

"병은 지금도 모르는 부분이 있어요."

"그건 그래."

"죽는 것이 지금만큼 무섭지 않았을지도 몰라요."

"글쎄, 어떨까? 훨씬 더 무서웠을지도 모르지."

오카다는 그렇게 말하고 가오루를 보더니 담배에 불을 붙였다. 지퍼 라이터의 탁 하는 소리. 기름 냄새가 난다.

"죽는 순간은 본인의 감각도 상실되겠지만 감각이 있는 동안은 무서울 거야."

오카다는 입을 다물었다. 담배 연기를 천장을 향해 뱉는다.

"사람이 죽는 것을 본 적 있어?"

"없습니다."

"죽는 데에는 의외로 시간이 걸려. 의외로 큰일이더라고. 혈압이 떨어지고, 심박수, 호흡수가 내려가고…… 그게 길어서 말이지."

오카다는 그런 장소에 있었던 적이 있구나 하고 가오루는 생각했다.

"숨이 끊어졌다고 생각하고 지켜보고 있으면 한참 있다가 희미하게 턱이 움직이고, 숨을 들이마시고 내뱉어. 아주 미약한 마지막 숨소리라고나 할까?"

가오루는 잠자코 듣고 있었다. 오카다와 어떤 관계였던 사람이 죽었을까? 오카다는 어떤 심정으로 그 자리에 있었을까? 알고 싶었지만 물을 수는 없었다.

"고양이 숨이라면 압니다."

"고양이, 기르니?"

"네. 훗 하고, 코로 한숨을 쉬어요."

"아, 쉬지. 그렇지."

"진짜 벌레 숨소리라는 걸 들은 적 있나요?"

"없어."

"벌레도 방귀를 뀔까요?"

가오루는 앞을 향한 채 말했다. 목소리가 조금 작아졌다.

"방귀?"

"네."

"방귀? 고양이나 개는 뀌지. 벌레는…… 아, 노린재의 구린 내, 맡은 적 있어?"

들은 적은 있다. 맡은 적은 없다.

"없습니다."

"인간의 방귀하고는 비교가 안 돼. 자칫 잘못해서 손가락으로 집거나 하면 큰일이야. 노린재가 그 냄새를 피우면 비누로 아무리 씻어도 없어지지 않을 만큼 구려."

가오루는 검도의 호완을 떠올렸다. 그렇지만 이야기할 마음은 없었다.

"노린재는 엉덩이로 뀌는 게 아니라, 배 쪽에 구멍이 나 있어서, 전용 구멍 같은 건데 거기에서 내보는 거야. 기체라기보다 액체에 가까운 것 아닐까? 도쿄에는 노린재 따위 없겠지?"

"사진에서밖에 본 적이 없어요. 육각형인지 팔각형의."

"노린재 방귀는 생명을 위협받았을 때 긴장에 따른 방어용 공격이거든. 방귀 자체는 평화롭지만."

"방귀는 평화로워도, 긴장해도 나옵니다."

오카다는 아직도 이 화제가 계속되는가 하는 얼굴로 가오루를 보았다.

"그래? 가오루는 방귀에 대해 자세히 알고 있구나."

"……네, 많이 나오니까요."

오카다가 웃었다.

"많이 나와? ……그렇지만 내 앞에서는 안 뀌잖아?"

"화장실에서 뀝니다. 볶음밥 만들고 있을 때는 시끄러운 소리에 숨겨 뀔 때도 있고요. 죄송합니다. 환기팬도 돌고 있고."

오카다가 즐거운 듯이 웃었다. "볶음밥? 그렇지. 제일 시끄럽지. 그래? 솔직하네."

남에게 이야기하는 것은 처음이었다. 오카다에게는 말할 수 있을 것 같았다. 그러자 바로 마음이 편해졌다. 오카다가 좀 더 가깝게 느껴진다. 부모에게도 말하지 못한 이야기를 하고 있다.

"왜 많이 나오지? 고구마를 너무 먹어서?"

"공기를 너무 마셔서입니다."

"공기를 너무 마셔? 무슨 소리야?"

"돈키쇼*라고 공기삼킴증이라는 게 있대요."

"돈키? 어떤 글씨?"

---

* 트림과 방귀가 많아지는 병.

"'마시다'의 '돈흠'에 공기 할 때 '키氣'."

"둔기의 돈키鈍器인가 했네."

"공기를 많이 마셔서 그것이 위에서 장으로 내려가서, 마지막에 방귀가 되어 나와요. 정상적이 아닐 만큼."

오카다는 일순 입을 다물고 가오루의 설명을 가만히 생각하는 얼굴이 되었다.

"공기는 폐로 가지?"

"음식이라든가 음료에 섞이면 같이 식도에서 위로 내려가서, 그러고 나서 장으로도 가요. 위의 단계에서 트림을 하는 사람이 많지만."

"나도 하지. 양쪽 다 해."

"달라요. 제 경우는 조금 정상이 아닙니다. 저녁때쯤 되면 아침에 마신 공기가 장에 가득 고여서 배가 빵빵해져요, 괴로울 만큼. 장이 뒤틀리는지 제법 아플 때도 있어요."

"아픈 건 곤란하네. 자꾸 뀔 수밖에 없군."

"그렇지만 남이 있는 곳에서 뿡뿡 뀔 수도 없고."

"유럽이나 미국에서는 트림 쪽이 방귀보다 훨씬 상스럽다고 한다지. 괜찮아. 방귀 정도는."

"오카다 씨는 여자친구 앞에서 뿡뿡 뀔 수 있나요?"

오카다는 입을 다물었다.

"조용하게 커피를 내리면서 뿡뿡할 수 있나요? 교실에서 수업 중에 뀌면 어떻게 될 거라고 생각하세요? 집에서도 한두 번은 몰라도, 그게 안 되거든요. 욕조에 들어가 있을 때는 잇달아 멈추지 않을 만큼 나옵니다. 계속계속요."

"그래? 그건 큰일이네."

오카다가 조금 진지한 목소리가 되었다.

"그런데 어떻게 그 '돈키쇼'라는 것을 알았어?"

"엑스레이에 거품 같은 것이 가득 찍혀 있더라고요."

작년에 가오루는 유도 수업 시간에 다리 후리기를 당해서 허리를 된통 부딪쳤다. 너무 아파서 정형외과에서 엑스레이를 찍었더니 요추에는 전혀 문제가 없었지만 장에 무수한 가스가 찍혀 있었다. 정형외과 선생은 엑스레이 사진을 보고 놀라 몸을 앞으로 내밀듯이 하면서, "이거 '돈키쇼'인가"라고 중얼거렸다. 가오루는 '돈키쇼'를 몰랐기 때문에 뭔가 끔찍한 병이 찍힌 걸로 오해하고 한 덩어리의 공기를 들이마셨다.

오카다는 담배를 재떨이에 비벼 껐다.

"방귀라고 하나 그 공기, 엑스레이에 찍혀? 공기인데도?"

"찍혀요. 대장 여기저기에 거품 같은 것이 있는데 그게 전부 들이마신 공기래요."

"어떻게 해서 그렇게 많이 들이마시게 될까? 물어도 대답이 궁할지 모르지만."

"긴장하면 숨 쉴 때마다 공기를 들이마신다고 해요. 밥을 급하게 먹어도 그러는 것 같지만 저는 천천히 먹으니까. 그렇지만 모르는 사람이 있으면 긴장하는 것은 확실합니다."

"그래? 긴장하면 공기를 들이마시는구나."

"사람에 따라서, 입니다."

"트림은?"

"트림은 한 적이 없어요. 어떻게 하면 나오는지."

"그래? 그런 사람도 있구나. 어떻게 하면 나올까?"

"긴장하지 말라고 해도 그게 무리거든요. 의사는 너무 신경 쓰지 말고 두고 보자, 긴장을 풀고 느긋이 밥도 꼭꼭 씹어 먹고…… 그것이 끝이에요. 긴장을 완화하는 약도 사 먹어보았지만 별로 효과도 없었고, 방귀도 줄지 않았습니다."

오카다는 벽시계를 올려다보았다. 벌써 11시가 다 되었다. 청소를 하고 가는 편이 좋겠다. 가오루도 시계를 보고 오카다를 보았다.

"알았어. 알려줘서 고마워. 전혀 몰랐네. 미안했어. '오부브'에서는 붕붕 방귀 뀌어도 되니까. 그러고 보니 '오부브'라는 이름, 방귀 소리 같네."

오카다가 즐거운 목소리로 돌아갔다. 가오루도 '오부브'라고 듣고 자기도 모르게 웃음이 나왔다. 뭔가 내려놓은 듯한, 해방된 기분이었다.

"'오부브'는 러시아어이지요?"

"응, 러시아어."

가오루는 청소를 시작했다. 먼저 테이블을 구석구석 닦는다.

오카다가 카운터 안쪽을 치우기 전에 레코드 선반에서 한 장을 골랐다. 가오루가 갖고 있는 '올 싱스 머스트 패스'처럼 두툼한 커버에 들어 있었다. 엘라 피츠제럴드의 이름은 알고 있었다. '조지 거슈윈'과 '악보'라는 글씨가 보였다. 재킷에 그려진 힘찬 라인 드로잉의 초상화는 엘라 피츠제럴드가 모델일 것이다. 오카다는 턴테이블에 올려놓고 암에 손을 올렸다. 바늘을 내려놓자, 유연하고 명랑하고 속이 깊은 노래가 시작되었다. 빅밴드라고 하기보다 오케스트라 같은 편곡. 들어본 적 있는 노래도 있었다. 가오루는 듣자마자 매료되었다.

테이블 위를 닦으면서 들었다. 일부였지만 알아들을 수 있는 단어나 문장도 있었다. 누군가가 지켜주고 있다라든가, 누가 신경 쓰겠어라든가, 숲에서 길 잃은 새끼 양이라든가. 선곡에 오카다의 마음이 조금 실린 것도 같지만 기분 탓인지도 모른다.

청소를 끝내고 오카다와 가오루는 가게를 닫았다. 밖에는 낮의 열기가 그다지 남아 있지 않았다. 산에서 기분 좋은 바람이 불어온다. 오카다에게 털어놓으니 가오루는 가슴의 체기와 배의 팽만감이 해소된 것 같았다. 집으로 돌아오는 발걸음이 두둥실 가볍다.

오카다한테서 좋은 냄새가 난다. 어른의 냄새라고 생각했다.

"엘라 피츠제럴드는 어릴 때 고아원에서 컸어. 조금 크자 상당히 수상쩍고 위험한 일을 어쩔 수 없이 해야 했지. 마피아가 시키는 대로 해야 했어."

가오루는 고개를 끄덕였다.

"가오루 정도 나이가 되어 무대에서 노래하게 되었지. 십대 여자아이의 노래에 모두 놀라서 넋을 잃고 들었대. 그런 목소리로 노래하는 가수는 없었다고 해."

가오루도 정말 그렇다고 생각했다.

"왠지 기분이 밝아져. 목소리가 웃는 얼굴인 거야. 그렇게 혹심한 인생을 살고도 그런 목소리로 노래한다는 것이 삶의 수수께끼지. 수수께끼라고 할지 선물이라고 할지? —그대에게 아름답게 울리는 것을 주리라, 오부브."

오카다는 마지막만 연극 대사처럼 말했다. 가오루의 얼굴을 보더니 웃는 얼굴이 되었다.

9

　며칠 후의 토요일 늦은 시간에 오카다의 애인 마사코가 친구를 데리고 '오부브'에 나타났다. 친구가 '마사코'라고 불러서 비로소 이름을 알았다. 마사코의 친구는 하얀 탱크톱에 빅스Vicks 사탕을 연결한 것 같은 파란색 목걸이를 하고, 데님 롱스커트를 입고 있었다. 마사코는 빨간 티셔츠에 데님 바지 차림이다.

　가게는 거의 만석으로 카운터에 빈자리가 두 개 떨어져 남아 있었다. 가오루가 먼저 온 손님에게 자리를 옮겨줄 수 있겠느냐고 부탁해서 카운터 제일 끝에 두 사람이 같이 앉을 수 있게 자리를 만들었다. 손님에게 부탁하고 고맙다고 인사하는 자신을 또 하나의 자신이 의외라는 눈으로 보고 있다.

　"안녕, 가오루. 고마워."

마사코가 말했다. 친구는 잠자코 고개를 숙였다.

가네사다는 두 사람이 온 것을 기회로 오카다에게 잘 부탁한다고 눈짓을 보낸 뒤 돌아갔다.

두 사람은 이미 어딘가에서 마시고 온 것 같았다. 오카다는 말을 거는 것도 아니고, 무시하는 것도 아니고, 다른 손님들하고 똑같이 대했다.

가오루가 주문을 받으러 가자 마사코가 말했다.

"음, 그러니까, 탄산수에 레몬을 잔뜩 짜 넣은 거. 그걸로 부탁해."

"나도 같은 거."

들었을 터인 오카다한테 주문을 전달하자 고개를 끄덕이고 바로 냉장고에서 레몬과 탄산수를 꺼내 큼직한 글라스에 재빨리 만든다. 오카다는 잠자코 두 사람 앞에 탁탁탁 탄산 소리를 내는 글라스를 놓는다. 조금 작은 접시에 땅콩과 가키노타네.*

"아, 맛있어" "탄산수가 살아있네" 하고 어른 목소리로 초등학생처럼 말한다. 같이 '가틀레야'에서 일하든지, 아니면 동창생이나 뭐 그런 거겠지.

추가 주문이 많은 밤이었다. 오래 눌어붙어 있는 손님이 늘자 탁한 공기가 떠돌았다. 오카다는 템포가 빠른 임프로비제이

---

* 반죽한 찹쌀이나 멥쌀을 잘게 썰어 표면을 간장 등으로 코팅하고 양념하여 구운 감씨 모양 과자.

션improvisation이 이어지는 라이브 판을 골랐다. 드럼 솔로가 되면, 손님들 목소리도 커진다. 화장실이 사용중이었기 때문에 가오루는 가게 구석에 가, 핑크색 전화가 놓여 있는 카운터 아래 쭈그리고 앉았다. 전단지랑 가게 성냥을 정돈하면서 탄력 있는 드럼 소리에 섞여 조금이라도 공기를 내보내려고 했다. 잘 되지 않는다. '오부브'에서 의식하게 된 토니 윌리엄스의 드럼이었다. 녹음한 시기를 재킷에서 확인하고 가게 선반에 있는 가이드 북에서 찾아보았다. 연주 당시의 나이가 가오루하고 두 살 정도밖에 다르지 않았다. 달리던 방향을 갑자기 바꾸는 치타 같은 탄력과 기세가 있고, 리듬에는 경쾌함과 강렬함이 있었다. 그 요소들이 입체적으로 교착한다. 같이 연주하고 있는 다른 어른들에게 전혀 뒤지지 않는다. 엘라 피츠제럴드가 그랬듯이 재능과 실력만 있으면 데뷔에 알맞은 나이 따위 없다는 이야기다. 학교에 갇혀 있었다면 토니도 엘라도, 저런 연주나 노래를 세상에 내놓을 수 없었을 것이다.

커다란 소리 가운데 추가 주문을 받으려면, 귀뿐 아니라 몸도 가까이 하지 않으면 안 된다. 이렇게 가까이에 남의 얼굴이 있어도 동요하지 않는 자신이 이상했다. 제일 가장자리 좌석의 마사코가 가오루를 보고 손을 들었다. 가오루가 다가가서 마사코 얼굴에 귀를 가까이 댔다. 좋은 냄새가 난다. "가게가 끝나면 다 같이 불꽃놀이하러 가자 하고 있었어. 시게카즈 씨도 같이. 갈래?" 가오루는 "아, 네"라고만 했다. "가오루 씨도 함께야. 너랑 같은 이름, 좀 복잡하네." 마사코 옆의 탱크톱 차림의 가오루 씨가, "마사코랑 시게카즈 씨가 청소하는 동안에 우리 둘이 폭죽 사러 가자. 열려 있는 가게가 있거든." 가오루 씨는 가오루 어깨에 손을 올려놓았다.

"괜찮아?" "네, 알겠습니다." 가오루 씨의 손이 떨어졌다. 가오루는 오카다를 보았다. 오카다는 과일과 치즈를 썰어서 하얀 접시 위에 예쁘게 늘어놓는 참이었다. 이쪽을 쳐다볼 기척조차 없다.

"가오루, 고등학생이야?"

가게 문을 닫고 밖에 나오자마자 가오루 씨가 물었다. "네." 가오루는 숨을 들이마실 뻔하면서 대답했다. 가오루 씨는 드럼의 스틱처럼 발을 걷어차면서 큰 보폭으로 걷는다. 탄산수로 오히려 알코올이 돌았는지 걸음이 빠르다. 가오루는 때때로 뒤처지게 되면 보폭을 크게 바꿨다.

"그렇게 안 보이는데. 대학생인 줄 알았어. 우리 집에도 고등학교 2학년 남동생이 있거든. 나하고 꽤 나이 차가 나지만, 도대체 말이 안 통해. 진짜 어린애야."

폭죽 가게는 담배도 팔고 있었다. 쏘아 올리는 타입은 9시 이후는 금지니까, 라고 가게의 노파가 말했다. 선향폭죽부터 로켓 폭죽까지 여러 종류가 들어 있는 봉지를 가리키며, "두 개 주세요. 그리고 촛대도"라고 가오루 씨는 익숙한 모습으로 산다. "바닷가에서 하는 불꽃놀이 정말 좋아.""젊은 처자가 불꽃놀이에 정신 팔리면 안 돼요." 노파는 그렇게 말하더니 이 빠진 입을 벌리고 풀무처럼 웃었다. "이제는 가게를 닫아야 하니까…… 조심들 하시고."

"아주머니, 감사합니다."

'오부브' 앞을 지나자 바로 뒤에서 문 열리는 소리가 났다. 오카다와 마사코가 나왔다. 오카다는 왜인지 야구 모자를 쓰고 있었다. 마사코는 오카다의 왼팔을 양손으로 붙잡고, 장난치듯 끌면서 두 가오루를 추월해간다. 내일은 휴일이다. 갑자기 긴장이 풀린다.

먼 해변에서 몇 무리인가가 불꽃놀이를 하는 것이 보인다. 산에서 바다로 바람이 흐르고 있어서 큰 소리는 들리지 않는다. 빛과 빛에 비친 연기가 보인다.

"도쿄는 좁아서 말이야, 불꽃놀이할 수 있는 곳이라고는 기껏해야 공원이거든"하고 마사코와 오카다 등을 향해 가오루 씨가 말한다.

"그래? 불쌍도 하지." 마사코가 뒤돌아본다.

"마사코도 도쿄잖아?"

"그렇지."

"가오루 씨, 오늘은 마음껏 불꽃놀이하셔."

가오루 씨가 연극 조로 구호를 외쳤다. 자기 자신한테인지 가오루한테인지 알 수 없다. 앞에 가는 두 사람을 흉내 내서 가오루 씨가 가오루 왼팔에 양팔을 감듯이 한다. 가오루는 금방 숨이 받아졌다. 아마도 잇달아 공기를 들이마셨을 게 틀림없다. 가오루 씨의 맨 팔이 서늘하고 부드럽다. 매끌매끌하다.

"가오루 씨가 기분이 좋네. 가오루가 미성년이라는 거, 잊지 마."

"알아. 남동생과 동갑이야."

가오루 씨는 그렇게 말하면서 점점 더 가오루 팔에 매달린다.

"괜찮지? 그치?"

마사코에게 들리지 않을 작은 목소리로 가오루 씨가 말한다. "싫으면 안 할게."

가오루는 고개를 흔들고 "저, 전혀요"라고 간신히 말했다.

"전혀, 전혀래. 전혀 불꽃놀이 대회야."

가오루가 큭 하고 웃었다.

"어머! 이상해? 우스워?"

"아뇨."

"미성년자여, 대망을 품어라!" 가오루 씨가 큰 소리로 말했다.

"시끄러워." 오카다가 처음으로 입을 열었다. "소리 지르는 건 해변에 도착하고 나서 해."

오카다의 간사이 사투리는 처음 들었다. 기분이 좋아 보였다.

해변에 도착한 뒤 왼쪽으로 빠져 '바다의 집'을 지나 동쪽 끝의 아무도 없는 곳까지 갔다. 익사할 뻔했다가 도달한 부근이다. 촛대를 모래로 고정하고 불을 붙였다.

네 사람은 그 뒤로는 말없이, 그저 "와!"라든가 "오!"라든가 "하!"라든가 감탄하면서, 잇달아 폭죽을 쏘아 올렸다. 가오루는 가오루 씨한테 이끌려 파도치는 곳까지 가, 폭죽 불꽃이 밀려오는 파도에 떨어지듯이 손을 쭉 내밀었다.

파도가 엷게 퍼지면서 불꽃이 반사하는 것이 보인다. "봐, 봐. 예쁘지?"라고 가오루 씨가 자연스럽고 차분한 목소리로 말했다. 예뻤다. 불티는 파도에 닿는 순간 꺼진다. 파도는 두 사람의 발밑까지 밀려왔다가 밀려간다. 해변의 모래가 내는 뽀골뽀골 소리가 들린다.

촛대까지 돌아가서 또 폭죽에 불을 붙이고 파도치는 곳까지 간다.

가오루 씨는 때때로 손을 놓았다가 생각난 듯이 가오루 손을 잡고 팔을 감는다. 바다 냄새와 화약 냄새, 그리고 가오루 씨의 달콤한 냄새가 어두움 가운데 뒤섞여 가오루는 살짝 현기증이 났다.

여러 번 왕복하고 촛대로 돌아왔을 때 바람 탓에 불이 꺼졌다.

"저런!" 하고 가오루 씨가 소리쳤다. "마사코, 라이터 빌려줘. 불이 꺼졌어."

파도 소리만 난다.

"마사코? 어디 있어?"

오카다와 마사코의 모습이 보이지 않았다. 먼저 가버린 걸까? 주위에 인기척이 없었다.

"뭐야? 아무 말도 안 하고."

가오루 씨는 아직 남아 있는 폭죽 봉지와 촛대를 정리하기 시작했다. 가오루는 금방 척척 정리하는 가오루 씨를 따라가지 못하고 그냥 보고만 있었다.

"뭐야, 뭐야."

가오루 씨가 본래 목소리로 중얼거리듯이 말한다. 화가 난 것 같다.

코를 훌쩍이는 소리가 난다.

"버림받은 자끼리 키스라도 할까?"

정면으로 다가온 가오루 씨가 다소 될 대로 되라는 듯이 말한다. 어두워서 표정은 알 수 없다.

가오루는 꿀떡 숨을 들이마셨다.

"진짜로 알았나봐."

메마른 웃음소리였다.

"잠시 눕자. 별이 보이거든."

가오루는 망설이지 않고 누운 가오루 씨를 따라 모래사장에 주뼛주뼛 거리를 두고 누웠다. 모래사장은 아직 낮의 열기가 조금 남아 있었다.

"뭐야? 그렇게 떨어져서."

화난 듯한 목소리였다. 가오루 씨 곁으로 가까이 갔다. 가오루는 숨이 가빠졌다.

"아무것도 안 보이잖아…… 별도 구름이 가려버렸네."

가오루 씨가 기가 죽어서 말한다.

"그렇지만 밤바다는 좋네요."

가오루는 겨우 말을 얹었다.

가오루 씨는 바로 반응하지 않았다.

"고등학생이야? 고등학교 따위 옛날옛적에 잊었어. 재미없는 곳이었어. 어때?"

"봄부터 안 가요. 학교."

"그래? 이해해. 학교 따위 별수 없는 곳 아냐? 이 년제 대학에도 다녔지만 놀러 다닌 셈이야. 돈만 낭비했지."

가오루도 그렇게 생각했지만 동의한다는 말은 나오지 않았다.

"전문대학 나와서 빵집에 근무 시작. 지금도 그렇지만. 빵집은 아침이 이르거든. 아침 제일 빠른 것은 빵집 아저씨라는 노래 알아?"

"아, 압니다."

"어린이 노래. NHK."

"국민가요죠."

가오루 씨는 "뭐야?"라고 하면서, 몸을 조금 비틀며 가오루 가슴팍을 두드렸다.

"네?" 하면서 가오루는 몸을 움츠렸다.

가오루 씨는 별이 없는 하늘을 향해서 이야기하고 있는 것 같았다.

"빵집은 말이야, 빵이 구워지는 냄새가 나거든. 갓 구운 빵만큼 좋은 냄새는 없어. 봉지에 담을 때도, 손님이 부탁해서 슬라이스할 때도, 좋은 냄새가 나. 나는 늦게 근무하는 당번이고 성형 담당이지만, 빨리 재료 구입부터 굽는 것까지 전부 할 수 있기를 바라고 있어."

가오루 씨가 일하는 모습을 상상한다.

"빵은 살아있으니까 사소한 일로도 삐지거든. 날씨도 그렇고. 이쪽이 짜증을 내도 안 돼. 맛이 없지는 않지만, 그저 그런 빵으로는 안 팔리잖아? 슬프기도 하고. 빵한테도 미안하고. 최고의 빵을 구워야지."

"……다음에 사러 가겠습니다."

"와요, 와. 호텔 바로 앞에 우체국 있잖아, 그 우체국에서 호텔을 등지고 우측으로 들어가서 50미터 가면 있는 '시로카네'라는 빵집."

"시로카네?"

"토스터 있어?"

"있어요."

"작은 버터롤도 강력 추천이야."

가오루 씨는 그렇게 말하고 가오루 쪽을 돌아보고 볼에 가볍게 키스했다. 기르는 개한테 입 맞추는 것처럼.

"우리 집 버터롤, 폭신폭신해."

허락받은 대형 개가 된 가오루는 가오루 씨에게 달려들어 볼에 입술을 갖다댔다. 그리고 무턱대고 강하게 꽉 껴안았다.

"잠깐잠깐, 숨이 막히잖아. 알았으니까, 오늘은 돌아가자. 모래투성이네."

가오루 씨는 가오루 손을 잡고 일어났다. 공중에 달랑 매달린 가오루는 망연자실했다. 어두워서 거의 아무것도 보이지 않는 것이 다행이다.

"언제 도쿄에 돌아갈 거야?"

가오루 씨는 가오루의 모래투성이 등을 탁탁 털었다. 가오루도 흉내 내서 이번에는 주뼛주뼛 가오루 씨의 등부터 엉덩이 밑까지 모래를 털어주었다.

"아마 8월 한 달은 여기서."

"그렇지. 학교 가야지."

"학교는 봄부터 안 갔어요."

"그랬지, 그랬지. 괜찮아, 안 가도. 학교 따위…… 그렇게 말하면 안 되나? 고등학교 정도는 나오는 게 낫겠지."

"⋯⋯."

"뭐 됐어. 시로카네에 와. 식빵도 버터롤도 한번 먹어봐."

가오루 씨는 애인이 없을까, 가오루는 처음으로 생각했다. 그럴 리는 없을 거라고 생각했다. 남동생과 동갑인, 아무것도 모르는 자기는 가오루 씨 애인과 달리 잘난 척하지 않는다. 밀어붙이지도 않는다. 그렇게 거의 무력한 남자를 흔들어서 그 무력함을 직접 느껴보고 싶었던 거다. 기르는 개를 광장에 데리고 나가 공을 멀리 던졌다 회수하듯이. 가오루는 몸이 아니라 머리를 풀가동해서 지금 가오루의 손을 잡고 있는 가오루 씨의 의중을 탐색해본다. 그렇지만 전혀 알 수 없다.

둘은 '오부브' 앞을 지나쳤다.

"즐거운 일이 틀림없이 학교 밖에 있을 거야⋯⋯ 잘 자."

가오루 씨는 그렇게 말하면서 가오루의 손을 놓고, 손을 흔들었다.

"저, 너무 늦었으니까 바래다드릴게요."

"어머, 그렇게 해줄래?"

가오루 씨는 가오루한테 잠깐 매달리듯이 했다. 실제로 매달린 것은 아니었지만, 가오루는 기쁨을 곱씹었다.

"⋯⋯저 빵집 2층이야. 늦은 당번이라고 해도 5시부터니까 아침이 이르거든. 입주야."

"그렇군요."

가오루 씨가 걷기 시작하고 가오루도 따라간다.

"1층이 빵집이고, 2층에는 내 방 하나뿐이야. 사장은 바이크로 오 분 거리에 살고 있어서, 통근하거든."

바이크로 오 분. 사장은 남자고, 가오루 씨 애인은 아니겠지, 가오루는 순간적으로 생각했다.

"사장과 둘이 운영합니까?"

"사장 부부와 나."

가오루는 마음이 놓였다. 그러자 다시 가오루 씨를 안고 싶었지만, 물론 그렇게는 하지 않았다.

"사장도 '오부브'에 가끔 가. 조금 젊고, 머리가 벗어지기 시작한 짧은 머리에 언제나 하얀 폴로셔츠…… 본 것 같아?"

"아, 알 것 같아요. 저녁나절에 가끔."

늘 핫도그 하나에 커피를 주문하는 조용한 사람이었다.

"핫도그? 번bun을 우리가 만들어. 자기가 만든 빵을 먹는 거야? 헐! 몰랐네. 우리는 낮에는 안 가니까."

"그렇지만, 밤도 오늘이 처음 아닌가요?"

"설마! 가오루가 긴장해서 돕는 걸 조마조마하면서 봤는데. 적어도 두 번은 만났을걸."

"죄송합니다."

"주문도 잊은 적 있고."

"아, 그랬어요? 죄송합니다."

"시게카즈 씨도 들었을 텐데. 정말 허투루 볼 수 없는 인간이라니까. 과일과 치즈 아직이냐고 내가 물었던 거 기억나?"

가오루는 말문이 막혔다. 일을 막 시작했을 때 몇 번인가 그런 일이 있었다.

"그런 일이 너무 많아서."

"솔직하구나, 가오루는."

정신을 차리고 보니 벌써 시로카네에 도착해 있었다.

가오루 씨는 도착한 순간 완전히 빵집 사람 얼굴이 되어 있었다. 알코올 따위 어디에도 남아 있지 않은 얼굴. 가오루는 그 얼굴을 물끄러미 보았다. 여자 얼굴을, 아니, 남의 얼굴을, 물끄러미 본 것이 몇 년 만인가. "고마워. 또 봐." 가오루 씨는 이제는 가오루의 팔도 잡지 않고 볼에 키스도 하지 않았다. 빵집 옆쪽에 있는 계단을 올라가는 가오루 씨 뒷모습을 가오루는 그저 지켜보았다. 가오루 씨는 돌아보지 않았다. 가오루 씨는 가오루의 애인이 아니다.

돌아오는 길, 가오루는 아파트까지 달렸다. 가끔 뒤로 공기를 내뿜으면서.

욕조에 들어가서 또 거품을 내보내고 이불에 누워서 또 뿡뿡 소리를 냈다. 가오루는 전에 없을 만큼 많은 공기를 들이마셨던 것이다.

잠에 빠질 때쯤에 가오루의 배는 겨우 밀물이 빠져나간 모래

사장처럼 편편해졌다. 편편해진 배에 올려놓은 왼손이 반쯤 무
의식적으로 배를 벅벅 긁는다.

10

　지인이 죽었다는 기별을 받고 가네사다는 2박 3일 일정으로 도쿄에 가기로 했다. 암이라는 것은 본인이 보낸 엽서로 알고 있었지만 그때부터 반년도 되지 않았다. 시베리아에서의 오 년 반 동안 처음 이 년 남짓한 시간 벽돌공장과 제재소에서 같이 일한 동료였다. 둘 다 살아서 일본에 돌아왔고, 가끔 연락도 하고, 몇 번인가 도쿄에서 만났는데, 이렇게 허망하게 병으로 죽었다는 사실에 놀라지는 않았다. 누구한테나 있을 수 있는 일, 아니 누구한테라도 올 수 있는 일, 이라고 가네사다는 생각한다.

　밤샘 조문과 고별식에 참석하는 김에 사나이 가에 들러볼까 생각했다. 구태여 전할 말 없느냐고 가오루한테 묻지 않았다.

가네사다가 없으면 가게는 사람 손이 부족한 것처럼 느껴진다. 여름방학에 해수욕객이 늘어나면 손님도 늘어난다. 가게 문에는 매년 "수영복 차림 입장은 금지합니다. 주인백"이라고 손으로 쓴 종이를 붙인다.

가오루는 아침식사를 마치고 어젯밤에 오카다가 준 쇼핑 목록 메모를 들고 오카다 자전거로 상점 몇 군데에 들려 앞뒤 바구니 가득 물건을 샀다. 양파, 당근, 감자, 파, 양상추, 양배추, 토마토, 피망, 햄, 소시지, 우유. 계란은 시킨 대로 마지막에 샀다.

냉장고에 다 집어넣자 오카다가 갑자기 "해볼래?"라며 요리를 가르쳐주었다. "손님한테는 아직 못 내놓지만" 하고 오카다가 웃는다.

감자 샐러드와 핫도그 만드는 법을 배웠다.

알려준 대로 감자 샐러드를 만들자, 오카다가 "이만하면 아주 괜찮은데"라고 평가해주었다. 그리고 그날 점심부터 나무 샐러드볼에 담아서 내놓게 되었다. 손님한테 내놓아도 괜찮을까 걱정이 되었지만, "다음에는 뭘 만들게 할까?"라고 오카다는 가볍게 말했다.

핫도그를 자기 것만 만들어서 먹었다. 타지 않게 양배추를 볶는다. 불 세기를 조절하면서 나무 주걱을 움직이기만 하는데도 싫증이 나지 않는다. 핫도그가 다 되면 잘게 다진 양파를 뿌린다. 그것은 가오루 칼솜씨로는 어렵다. 오카다가 잘게 썬 양파는 예술적이고 균등하고 예쁘게 빛난다. 가만히 보고 있으니까 눈에 스며 눈물이 번진다.

12시 정각에 나타난 사법서사 후루타 씨가 여느 때와 똑같이 감자 샐러드와 핫도그를 주문한다. 후루타 씨 앞에 접시를 놓을 때 가오루는 여느 때보다 긴장했다. 후루타 씨는 말없이 먹고 커피를 리필했다. 오늘도 도중에 레코드 재킷을 체크하고, 잠자코 메모를 한다. 오카다는 아무래도 후루타 씨가 오면 그동안 틀지 않은 레코드를 끼어넣는 것 같다. 후루타 씨가 메모를 하러 일어나지 않는 날이 없다는 사실을 가오루는 도중에 깨달았다. 그것도 서비스의 일부일 것이다. 오카다는 어떻게 레코드를 다 외우고 있을까?

제시간이 되자 후루타 씨가 계산하러 왔다. 가오루가 계산대에 섰다. 계산은 매일 똑같다. 후루타 씨는 거의 언제나 딱 맞게 잔돈을 준비해서 온다.

후루타 씨가 지갑을 안주머니에 집어넣으면서 가오루에게 말했다.

"감자 샐러드, 자네가 만들었나?"

가오루는 일순 말문이 막혔지만 순간적으로 거짓말할 수가 없어서 작은 목소리로 "네"라고 대답했다.

"당근 두께가 다른 때와 조금 달라서 그렇지 않나 생각했어."

그러고 나서 가오루에게 웃는 얼굴로 "잘 먹었어요"라고 하고 가게에서 나간다. 가오루는 후루타 씨가 웃는 얼굴을 처음 보았다. 오카다를 돌아보자 설거지하면서 대화를 들었는지 옆 얼굴이 재미있어하는 표정이었다.

점심 손님이 거의 빠지자 "핫도그용 코페 빵*을 사오면 좋겠는데"라고 오카다가 말했다. "시로카네의, 어딘지 알지?"

가오루는 얼굴이 굳어지고 빨개지는 것을 느끼면서 "압니다"라고 대답했다.

"전화해두었으니까 받아오기만 하면 돼."

자전거로 가는 길은 태양빛의 반사로 눈부시고 숨이 콱콱 막혔다.

도쿄보다 굵고 강한 매미 울음소리가 직접 뇌에 울린다. 자전거 체인 소리가 지워질 만큼 사방에서 요란하게 울어댄다.

마음의 준비가 미처 되기도 전에 '시로카네'에 도착해버렸다. 셔터가 열려 있는 가게를 처음 보았다.

벽도 천장도 하얗게 칠해져 있었다. 안쪽 왼쪽 반은 하얀 벽이고 오른쪽은 뒤편의 공방과 통해 있었다. 공방 속은 어두침침해서 잘 안 보인다. 가슴 부근까지 오는 쇼케이스가 있어서 손님이 빵을 손으로 가리켜서 상품을 부탁하는 식으로 되어 있다.

가게에 들어가자 가오루 씨가 말하던 빵 냄새가 났다. 좋은

---

* 고구마 모양으로 바닥이 납작한 빵.

냄새였다.

왼쪽 하얀 벽에 가는 손글씨로 '시로카네'라고 쓰여 있다. 그 곁에 좀 더 가는 선으로 식빵 같은 것이 그려져 있다. 가오루 씨가 그린 걸까 생각했다.

점심시간이 훨씬 지나서인지 손님은커녕 점원 모습도 보이지 않는다. 왼쪽 케이스에는 식빵과 롤빵, 코페 빵이 늘어서 있다. 오른쪽에는 데니시 몇 종류, 샌드위치 세트와 크로켓 빵이 한 개씩. 트레이는 전부 다 텅 비어 있다. 점심때 도시락 대신으로 거의 다 팔려버린 것 같다.

몸을 구부린 채 들여다보고 있으니까 가오루 씨 목소리가 들렸다.

"어서 오세요."

쇼케이스 건너편에 어느 틈엔가 가오루 씨가 서 있었다. 하얀 유니폼을 입고 하얀 모자를 쓰고 있다. 웃는 얼굴이었다. 마치 가오루가 이상한 모습을 하고 나타났다는 듯한 눈초리로 보고 있다.

"저, 전화로."

"자, 이거."

코페 빵이 주문대로 들어 있는 듯한 커다란 하얀 종이봉투를 건넨다. 동시에 가오루 씨가 가오루 뒤를 본다. "어서 오세요."

"소라빵 두 개하고, 크로켓 빵, 샌드위치 주세요."

어느 틈엔지 가오루 뒤에 서 있던 여자 손님이 가오루 씨에게 말한다. 가오루는 방해되지 않게 옆으로 비키면서 봉투에 든 딱 맞는 대금을 가오루 씨에게 건넸다. "딱 맞게 들어 있습니다."

"늘 감사합니다."

다음 손님이 또 기다리고 있다. 가오루 씨는 가오루의 눈을 잠깐 보고 가볍게 인사했다. 그것은 가오루 씨로서가 아니라 빵집 점원으로서의 인사였다.

가오루는 자전거를 타고 '오부브'로 돌아갔다.

가오루 씨는 지난밤의 일을 특별한 것으로 생각하지 않는 것 같다. 어른의 변덕. 술 취한 김에 한 유희 같은 것. 가오루는 아쉽기도 하고, 안심되기도 하는 듯한 기분을 찌부러뜨리듯이 강하게 페달을 밟았다.

웨이터 역할을 하면서 대기하는 시간이 있으면 카운터 곁에 서서 요리 순서를 조금이라도 배우려고 조리중인 오카다의 손길을 관찰했다. 오카다의 손은 부엌칼이나 반찬용 젓가락을 사용할 때의 세밀하고 조심스럽게 움직일 때와, 불에 올려놓은 냄비나 프라이팬에 내맡겨버릴 때가 있다. 그런가 하면 그릇이니 도마, 부엌칼을 씻는다. 아무 데에도 더러움이 남아 있지 않는다. 스테인리스 싱크대는 반짝반짝 빛난다.

오카다도 처음에는 누군가한테 배웠겠지. 그러나 지금은 완전히 오카다 것이 되어 있다. 이제 가르친 사람의 흔적은 남아 있지 않다. 오카다의 사람 됨됨이가 그대로 움직이고 있다─라기보다 동작을 되풀이하는 동안에 오카다의 사람 됨됨이의 일부가 만들어져갔다, 라고 해야 할까? 뭔가를 익힌다는 것은 반복 앞에 있는 것인지도 모른다. 반복하는 동안에 발견이 있고 수정이 있다. 발견과 수정에서 완성에 이르기 위해서는 아무래도 시간의 흐름, 경과가 필요하다. 그리고 자연히 몸에 밴다.

가오루는 반복이 싫다. 싫다기보다 잘하지 못했다. 시간의 흐름을 쫓아갈 수밖에 없다는 것이 무엇보다도 힘들었다. 그렇게 믿고 있었다. 그렇지만 지금 보고 있는 오카다의 움직임은, 가오루에게 뭔가를 전해온다. 힘들지 않은 반복도 있어. 그것이 바로 자기를 해방시켜주지 않을지라도, 이렇게 보고 있으면 지루하지도 불쾌하지도 않을뿐더러 강렬하게 매료된다. 자기도 하고 싶다고 생각한다.

학교에서 흐르는 시간은 가오루에게 고통에 지나지 않는다. 잇달아 불쾌한 일이 이어지기 때문이다. 오카다의 요리에 흐르는 시간은, 책상에 앉아서 수업을 받는 오십 분하고는 완전히 다르게 흐른다. 학교에서는 그저 앉아서 고통을 견뎌도 아무것도 생겨나지 않는다. 영원히 '도중'을 경과하는 것이기 때문이다. 요리는 그 자리에서 완성되고 그 자리에서 먹어주는 사람이 있다. 오카다처럼 물 흐르듯이 자유자재로 요리를 할 수 있게 되면 얼마나 좋을까?

2시가 지나 손님이 거의 없자, 오카다가 가르쳐주는 대로 늦은 점심용 양상추 볶음밥을 만들어보았다. 프라이팬에 기름을 두르고 먼저 다진 마늘을 집어넣는다. 타지 않게 약한 불로 천천히 마늘 향을 내는 방법도 그때까지는 몰랐다. 프라이팬 속 내용물 뒤집기도 아직은 어색하다. 그래도 화력 조정과 재료 집어넣는 타이밍은 알았다. 다 된 양상추 볶음밥을 2층으로 갖고 가서 혼자 먹었다. 오카다가 만든 것보다 끈적끈적하고 무거워서 가네사다가 만든 볶음밥에도 미치지 못했다. 그래도 가오루는 맛있게 느꼈다. 숨이 죽은 양상추가 입안에서 사각사각 소리를 낸다. 자기가 처음 만든 볶음밥에 가오루는 만족했다. 다음에는 좀 더 잘 만들고 싶다고 생각하며 오카다처럼 손목으로 툭 프라이팬을 가볍게 흔드는 동작을 상상해본다.

가네사다는 고이치네 집에 들르지 않고 도쿄 역에서 신칸센을 탔다.

장례식 손님은 그다지 많지 않았다. 아는 얼굴도 몇 사람 있었지만, 가네사다는 가까이 가서 말을 걸지 않았다. 상대방이 다가오면 웃는 얼굴로 근황을 말했지만 그저 무난한 말로 그 자리를 적당히 넘길 뿐이었다. 똑같은 경험을 한 그들하고 이제 와서 새삼스럽게 이야기할 것은 아무것도 없다. 만날 때마다 과거를 이야기한다고 이렇게 늙어가는 것을 멈추게 할 수도, 훼손된 과거를 그렇지 않은 과거로 바꿀 수도 없다. 시간이 흘러 땅속에 묻은 시체도 바다 저쪽 절망적으로 넓은 대륙의 바늘로 찌른 점 같은 흙 속에 뼈가 되어 누워 있다. 이제 누구도 "여기야"라고 가리킬 수 없는 장소는, 무덤인지 그냥 풀숲인지 구분하는 것 자체가 무리다. 설혹 유골을 수습할 수 있다 하더라도 태어나고 자란 집은 없어지고, 낯모르는 사람의 집이 되어 있고 친척을 찾는 일조차 불가능할지도 모른다.

가네사다는 신칸센을 자주 탄다. 그런데도 아무래도 신칸센의 비정상적일 정도의 속도에 익숙해지지 않는다. 특히 상행선과 하행선이 스쳐 지날 때면 용케 사고가 나지 않는다고 생각한다. 유리창과 차체가 풍압에 쿵 하고 가볍게 충격을 받는다. 장시간 여러 번 풍압을 받으면 어딘가가 느슨해지거나 빠지거나 해도 이상하지 않다. 유리창이 한꺼번에 분리되어 바깥 공기가 고속으로 들이치고 도시락이나 웃옷, 작은 어린이들이 바람에 날려서 반대쪽 유리창으로 튕겨 나간다. 그런 그림이 떠오르기 때문에 신칸센에서 조는 일은 좀처럼 없다.

장례식장 냉방이 너무 강했던 탓인지 정신을 차리고 보니 감기 기운이 있고 목이 조금 아프다. 가네사다는 차내에서 넥타이를 풀지 않고 웃옷도 벗지 않은 채였다. 그 모습은 누가 보아도 장례식에서 오는 길이다. 그런 정도는 봐줘도 되지 않겠나. 사람이 하나 죽었는데, 라고 조금 강하게 나가게 된다. 차내에서 판매하는 마쿠노우치 도시락*은 반밖에 못 먹었다. 커피도 맛이 없어서 먹을 수가 없었다. 숭늉이라고 생각하고 마셨다. 도시락 쓰레기를 버리고 자리에 돌아와서 눈을 감았다. 흔들리면서 차내 방송을 듣고, 먼 자리의 샐러리맨들이 큰 소리로 하는 대화를 무심코 듣고 있었다. 귀 뒤편에 자기 맥박을 느낀다. 살짝 땀을 흘리고 있었지만 손수건을 꺼내 닦지는 않았다.

특급 '구로시오'로 갈아타기 전, 역내 세면장에서 얼굴을 씻었다. 넥타이를 풀고, 와이셔츠 단추를 하나 끌렀다. 상복 윗도리도 벗어 보스턴백에 올려놓았다. 겨우 살 것 같았다. 이제 간사이에 들어섰다고 생각만 해도 마음이 느긋해진다. 재래선은 신칸센과 달리 커브가 많다. 커브에 들어설 때 좌우로 흔들리는 것이 기분 좋게 느껴진다. 이제는 갈아탈 필요가 없다는 안도감 때문인지 가네사다는 졸렸다. 달리는 차체 소리도 레일의 이음새를 건너는 소리도 차내 방송도 예전과 별로 다르지 않은 리듬으로 긴박감이 없다. 열차가 달리는 감각에 몸을 내맡길 수 있다. 가네사다는 얕은 잠에서 이윽고 깊은 잠으로 빠져 들어갔다.

어두운 열차 속에 서 있었다.

---

* 　깨소금을 뿌린 밥에 달걀부침, 어묵, 생선구이, 채소절임 등의 반찬을 곁들인 도시락.

주위 사람들은 서 있기도 하고 앉기도 하고 있다. 열차가 내는 소리가 직접 귀로 들어온다. 바람도 불어 닥친다. 차체 구석에서 누군가 기침을 한다.

나는 여기에서는 'K'인 것 같다. 왠지 모르지만 모두가 그렇게 생각하고 그렇게 행동하고 있다. 그러니까 지금 열차에 흔들리고 있는 나는 'K'이다. 그 'K'를 내가 보고 있다.

그렇다고는 하지만, 왜 지금 여기에 있는 걸까? 그런 말도 안되는, 하고 화내는 나는 빈혈을 일으킨 듯 희미하게 사라지고, 머리를 움직이고 있는 또 하나의 내가 나타나서 여기서부터는 어떻게도 할 수 없다고 깨닫기 시작한다. 냉정하게 어쨌든 상황을 파악한다. 우선은 상황이다. 잘 봐라, 귀를 기울여라, 그리고 생각해라— 또 하나의 내가 앉아서 조는 것 같은 나에게 짜증난다는 듯 강하게 타이른다.

11

여기에서 중요한 것은 이름이 아니다. 존재를 규정하는 것은
포로카드, 신원조사서, 포로번호, 피복인원조사서이다. 쓰여 있
는 기록과 숫자이다.

계급장은 일본이 항복했을 때 효력을 상실했다. 그런데 처음
에 이송된 수용소 소장은, 계급장을 절대로 떼지 말라고 명령했
다. 상하 관계를 그대로 남겨두는 편이 포로를 관리하기 쉽고
규율을 유지할 수 있다고 생각한 것 같다.

패전 후 포로로 막 억류되었을 때, 육군 장교는 때로는 눈길
이 허공을 향했고, 반쯤은 눈을 내리깔고 있었다. 계급장이 유
효하다는 말을 듣자마자 노골적으로 명령까지는 내리지 않았
지만, 자기에게는 아직 역할도 입장도 있다는 듯 표정이 변하

고, 다시 턱이 위로 올라갔다. 계급장이 무효가 되든 유효가 되든 관심 없다는 얼굴로, 경비병이나 소장이 명령한 것을 유순하게 순종하는 장교도 있었다. 아니 누구나 순종할 수밖에 없겠지만 그래도 거기에는 여전히 괴로움이나 갈등이 스민다.

눈에는 그 그늘이 깃든다. 그렇지만 무조건 순종하는 장교들 눈에는 그런 그늘이 보이지 않았다. 새로운 상관에게 얼굴을 향하고 다음 명령을 기다릴 뿐이다. K는 장교들의 빛도 그늘도 없는 눈을 보고 한층 더 불쾌감과 절망감을 느꼈다.

수용소를 옮기고 나서 "눈에 띄면 안 되니까 숨겨"라고 누군가 작은 목소리로 가르쳐주었다. 질 나쁜 소련군들은 포로들의 사유물에 집요한 관심을 갖는다. K는 손목시계와 만년필을 안주머니에 넣고 눈에 띄지 않게 했다. 가끔 손으로 눌러서 거기에 잘 있는지 확인했다.

K는 도쿄를 떠나 오타루 상업고등학교에서 러시아어를 배웠다. 이루어지지는 않았지만 해운회사에 들어가는 것이 꿈이었다. 나중에 군속으로 간 만주에서는 오타루와 공통되는 냄새를 느꼈다. 잠시 동안은 '오족협화伍族協和*'라는 슬로건에도 위화감을 느끼지 않을 수 있었다.

포로가 되고 나서, K는 러시아어를 한다는 사실을 숨겼다.

---

* 만주국 민족 정책의 표어로, '화(和, 日)·한(韓)·만(滿)·몽(蒙)·한(漢)'의 다섯 민족이 협조하여 살 수 있는 국가를 지향한다는 말.

처음 연행된 야전 수용소에서는 러시아어를 할 줄 아는 일본인이 통역으로 일하고 있었다. 러시아어 명령을 통역할 뿐인데도, 그 남자가 직접 명령하는 것처럼 느꼈다. 사무실에도 러시아어를 할 수 있는 일본인이 있었다. 육군 군복을 입었지만, 패전국 사람이라고 생각할 수 없는 얼굴이었다. 헛간 같은 가건물에서 침대 널판자가 그대로 등에 느껴질 만큼 얇고 금방 터질 같은 밀짚 요에 누운 K는, 자신의 러시아어 능력을 어떻게 해야 좋을지 결정하기 어려웠다. 머리가 터지기 직전까지 되풀이해서 생각하는 동안에, 나무 벽 틈새로 아침 햇살이 비치기 시작했다.

두 사람의 시선이 죽이 든 아침밥 접시에 모이면, 죽은 추를 써서 저울로 약품을 재는 것만큼 정밀하고 균등하게 나누어진다. 둘이 서로 감시하면서 하는 공동 작업이다. 그 물처럼 묽은 죽을 훌쩍이면서 러시아어를 구실 삼아 포로 입장에서 도망치는 것은 너무 위험한 줄타기라고 K는 고쳐 생각했다. 러시아어를 할 수 있다는 사실을 소련 병사는 물론, 주위의 일본인 포로에게도 일절 들키지 않게 하자, 그렇게 마음을 정했다.

대열을 짜고 걷고 있을 때, 비스듬히 뒤에서 총을 겨누고 있는 젊은 경비병이 "움직이기단 해봐라. 때려죽일 테니"라고 중얼거리는 것이 들려온다. 몸이 러시아어에 반응할까 싶어 간담이 서늘해진다. 생각하면 K가 만주에서 화물열차에 쑤셔 넣어졌을 때 경비병이 "다모이(귀환)"이라고 했었다. 이제 귀환할 수 있다. 이제 조금만 참으면 된다. 이렇게 소나 말, 돼지 같은 취급을 받는 것도 비상 상황이니까 어쩔 수 없다. 자기도 모르게 경비병의 입술을 보고 진짠지 어떤지 확인하고 싶은 마음이 들었다. 경비병이 의아해하기 전에 K는 방향을 돌려 어두침침한 화물칸으로 들어갔다. 그때부터 이미 자기는 경계하면서 러시아어를 듣고 있었던 것이다.

그렇지만 열차가 움직이기 시작하고 얼마 있자 그것이 아니라고 알게 되었다. 작은 환기창으로 비치는 태양의 광선 방향으로 봐서 열차는 동쪽이 아니라 북서쪽으로 향하고 있었다. 달리면 달릴수록 그것은 움직일 수 없는 사실이 되었다. 열차는 소비에트 국경을 향하고 있었다. 차내의 서른 남짓한 일본인 중, 머리가 돌아가는 자는 기대와 정반대 방향으로 모든 것이 진행되고 있다는 사실을 알아차리고 안색이 변했다. 말을 믿어서는 안 된다. "다모이"라는 말은 새장에 장치한 올가미 같은 것이었다. 탈 없이 화물열차에 인간을 쑤셔 넣기 위한 단순한 마중물이었다.

마룻바닥에 무너지듯이 주저앉은 남자의 눈은 탁한 연못의 둔탁한 빛 같았다. 뭔가를 보는 것도, 생각하는 것도 포기한 듯이 거의 움직이지 않고, 희미하게 뜬 채였다. K는 그 눈을 보지 않으려고 했다. 바닥이 보이지 않는 곳으로 자기도 끌려들어갈 것 같다, 그렇게 생각했기 때문이다.

찬바람이 들어오는 환기창 앞을 차지하고 있던 남자가 국경을 넘었다라고 했을 즈음에는, 모든 사람이 말에 반응하지 않게 되었다. 살아남기 위해서 필요한, 먹고 마시고 배설하는 행위만이 말 없는 인간들을 움직이는 유일한 동기가 되었다.

약간의 까만 빵과, 물처럼 묽은 보리죽인 카샤. 그렇지 않아도 영양실조였던 데다 1인분이라고 할 수 없는 식량밖에 주어지지 않고, 바깥과 다르지 않는 추운 열차 칸에서 하루 종일 이동하면, 상태가 나빠지지 않는 편이 이상하다. 9월 말쯤이면 여름은 벌써 끝났지만 모두 하복 차림이었다. 북서쪽으로 향하는 열차는 가을을 뛰어넘어 한겨울 같은 추위 속을 달리고 있었다.

화물칸은 폐차 직전의 낡은 것이어서, 바닥 가장자리와 문틈으로 냉기가 기세 좋게 불어 닥쳤다.

열차가 수용소가 있는 역에 도착했을 때에는 비위생적인 물과 식사에 영양실조가 겹쳐서 포로들 사이에 티푸스가 만연했다. 화물칸 구석에 있는 마룻바닥의 깨진 부분이 변기 대신인 탓에 주위에 악취가 떠돌았다. 열차에서 내리라고 지시받아도 혼자 힘으로 일어나지 못하는 자도 있었다. 역사 밖에 정렬하여 인원수 및 포로카드 확인이 진행되었다. 무표정한 젊은 소비에트 병사가 낡은 솜 점퍼를 떠맡기듯이 무언으로 건넸다. 점퍼 배포가 끝나자 5열 종대가 되어, 총검을 든 병사들에게 좌우로

둘러싸인 채 역사에서 한 시간 이상 걸리는 수용소까지 걸어 갔다.

나날의 노동은 삼림 벌채작업과 목재 운반이었다. 터무니없이 깊고, 앞을 볼 수 없는 침엽수 숲은 일본의 활엽수 숲과는 경치도 공기도 완전히 달랐다. 길을 가로막을 정도로 울창한 잡초 따위는 없었고 키가 낮은 양치식물이나 부러져 떨어진 굵은 나뭇가지가 눈에 띌 정도로, 어딘지 살벌하고 몹시 고요했다. 쓰러진 거목은 이끼 낀 바위 같았다. 올려다보아도 가지 끝이 보이지 않을 만큼 높이 솟은 침엽수 숲은 거대한 사원처럼 일정한 간격을 유지한 채, 시큼한 냄새가 떠도는 공기를 주변에 풍겼다. 작은 동물의 것인가 생각되는 똥이 떨어져 있었지만, 큰 포유류의 똥이나 발자국은 본 적이 없었고, 짓는 소리조차 좀처럼 들리지 않았다.

경비병이 서 있을 수 없을 정도의 눈보라가 치지 않는 한, 벌채 작업은 계속되었다. 과로와 영양실조로 체력도 집중력도 잃어, 쓰러지는 나무를 미처 못 피하고 한쪽 다리가 으깨진 자도 있었다. 칼에 다치고, 곪고, 파상풍으로 죽는 자도 있었다. 쓸모 없어진 노동력은 바로 교체되었다. 노역은 이어졌다.

눈보라가 치면 제재소로 가서 이동식 원형톱으로 침목枕木을 만들었다. 바이칼 호 북쪽을 지나가는 바이칼아무르 철도의 침목으로 쓰일 것이었다. 통칭 바아무 철도의 건설 작업에는 징역

형을 받은 포로가 대거 동원되어 가혹한 노역을 담당한다고 한다. 사망자도 계속 나오는 것 같았다.

벌채 작업에서 눈부신 성과를 올리는 포로는 오가타 주이치였다. 오가타의 고향은 와카야마로 아버지는 어부였지만 할아버지는 산에서 일했다. 흔들리는 바다가 맞지 않아서 발을 앙버틸 수 있는 땅이 자기에게는 맞는다고 생각한 오가타는 할아버지가 고용된 목재상에서 일하게 되었다.

K와 오가타는 2인용 대형톱 한 조가 되었다. 오가타는 톱을 당기는 법, 미는 법, 허리 자세, 발 벌리는 법, 줄기에 칼날을 대는 법과 각도 등을 짧게 K에게 가르쳤다.

"오와세 노송나무는 솎아베기도 가지치기도 해주니까 영주님이나 같지. 여기 것은 원시림이니까 근성이 달라. 만만치가 않아. 그렇지만, 나무야 나무지." 오가타는 말했다. 근성이 다르다는 말이 무슨 의미인지 구체적으로는 이해가 되지 않았지만 한랭지에서 오랜 세월 솎아베기도 가지치기도 하지 않은 채 거목이 되면 연륜이 꽉 찬 조밀하고 무거운 나무가 되나 보다고 K는 상상했고 보는 대로 흉내 내서 팔을 움직였다. 나무를 자르면 시큼한 냄새가 코를 찌른다. 베어서 쓰러뜨린 나무에 와이어 로프를 감고 트럭에 싣는 작업을 할 때, 나무의 시큼한 냄새와는 다른 달콤한 냄새가 풍겨왔다. 여러 번 같은 작업을 하는 동안에 그 냄새가 나무가 아니라 오가타한테서 풍기는 것을 알았다.

오가타는 숙소에 돌아오면 아무하고도 말을 하지 않았다. 자잘한 담소에도, 다툼에도 끼지 않았다. 취침하기 전에는 짚 요 위에 정좌하고 머리를 숙이고 눈을 감는다. 합장하지는 않았지만 기도하는 것 같았다. 오가타는 어쩌다가 K에게만 물을 때가 있었다. "이대로 여기에서 죽을 때까지 일하는 건가?"라고 물은 적도 있다. "포로니까 언젠가는 돌아가게 될 거야"라고 K는 대답했다. "일본으로 돌아간다고?"라고 해서, "그래. 만주는 이제 없어"라고 대답했다.

오가타의 눈은 무언가를 구하는 눈이 아니었다. 자기 안에 있는 것을 억눌러 부수고 뚜껑을 덮은 뒤, 지키기를 포기한 눈을 하고 있었다. 이상하게 맑은 눈이었다. 이렇게 깨끗한 눈을 본 적이 없다고 K는 생각했다. 가끔 오가타에게서 풍겨오는 달콤한 냄새에 그리움을 느꼈다. 오타루 상고 시절 몇 번인가 갔던 러시아정교회의 향로가 떠올랐다. 물론 향 종류는 다르다. 그렇지만 사람의 마음을 진정시킨다는 의미에서는 비슷한 것 같았다.

전쟁은 서로 죽고 죽이는 게임이다. K는 그렇게 생각하고 있었다. 그러나 그렇지는 않았다. 죽일 때는 일방적으로 무기력한 상대를 죽인다. 살해당할 때는 반격의 여지도, 살려달라고 애원할 여유도 없이 순식간에 살해된다. 오가타가 죽고 죽이는 현장에 있었던 것은 분명했다. 살해당하지 않은 대신 죽였는지도 모른다. 살해한 기억의 잔상에서 오가타는 빠져나오지 못하고 있는 게 아닐까?

　다른 포로처럼 자기 생명을 위협하는 온갖 것에서부터 모든 수단을 다해 멀어지려는 태도가 오가타에게는 없었다. 같은 바라크(숙소)에서 영양실조인 채 병에 걸리고 눈 깜짝할 사이에 증상이 악화되어 아침이 되기 전에 아무도 보지 않는 사이에 죽어버린 남자가 있었다. 니가타 해산물 도매상의 후계자였다. 아직 어두컴컴한 새벽녘, 오가타는 죽은 남자의 침대 가까이로 가서 무릎을 꿇었다. 연민이라기보다 어떻게 하면 이렇게 죽을 수 있을까, 오가타만 읽을 수 있는 무엇인가가 쓰여 있기라도 한 것처럼 가만히 남자 옆에 있었다.

　오가타와 한 조가 된 벌채 작업에서 K도 점차 솜씨가 좋아졌다. 성과가 기대되는지, 둘에게는 굵은 줄기, 혼자서는 도저히 팔이 둘러지지 않는 큰 나무가 배당되었다. 둘의 작업으로 거목이 쓰러지는 것을 보고, 옆에 선 소비에트 병사는 만면에 만족스러움을 보였다.

　모처럼 쾌청한 날이었다. 꽤 커다란 나무 한쪽을 벌채하다가 다음으로 반대쪽에서 벌채를 시작하려고 할 때, 소비에트 병사가 총구를 지면으로 향한 채 담배를 한 개비 꺼내 K에게 보이더니 "피울래?"라고 물었다. 오가타에게도 같은 행동을 해 보였다. K는 말이 아니라 행동으로 이해했다는 듯이 담배를 받고 불을 붙여달라고 한 뒤, 한 개비를 입에 갖다 물었다. 반년 만의 담배였다. 전신의 혈관이 진저리치고 머리가 어찔했다. K는 오가타한테 "맛있어"라고 했다. 오가타는 고개를 흔들었다. 반만 남기고도 여전히 태연자약해 보이는 침엽수를 올려다보고 벤자리를 보더니, 도끼를 몇 군덴가 처박고, 종반 작업할 사전 준비를 하고 있는 것 같았다.

담배를 끝까지 다 피우고 K는 작업으로 돌아갔다. 소비에트 병사는 총을 곁에 내려놓고 땅바닥에 벌렁 드러누웠다. 허연 나뭇등걸에 머리를 기대고 눈을 감고 있다. 담배를 건네줄 때 아주 조금이지만 술 냄새가 났다. 숙취인지도 모른다. 지금이라면 오가타와 둘이 습격하면 총을 빼앗을 수도 있을 것 같다. 그렇지만 시베리아 침엽수림에서 총을 빼앗고, 자기들만으로 살아남을 수 있겠는가? 먹고 잘 곳도 없다. 수용소에 있는 것보다 빨리 죽을 뿐이다.

이번에는 반대쪽에서 톱을 집어넣는다. 여느 때보다 각도가 예리하다고 느껴서 오가타를 보자 K의 시선에는 반응하지 않고 강하게 밀었다 당기기를 되풀이한다. 담배 때문에 화가 난 것일까? K는 의아했다. 오가타가 서서히 톱을 자기 오른손에 끌어넣듯이 한다. K의 양손은 끌어 당겨져서 균형을 잃을 뻔했지만, 톱을 놓치지 않으려고 오른쪽으로 기울이면서 앙버텼다. 유례없이 빠르게 밀고 당기는 바람에 K는 숨이 가빠졌다. 그러더니 오가타가 자기 몸의 축을 벗어날 정도로 강하게 끌어당기기 시작했다. K는 그 변칙적인 움직임을 이상하다고 느껴, 오가타의 얼굴을 보았다. 본 적 없는, 모든 것을 있는 그대로 다 드러낸 표정과 앙다문 이가 보였다. 억지로 손을 멈추고 오가타에게 말을 걸려고 한 순간, 나무줄기가 갑자기 비틀려져 끊어지는 듯한 소리를 내면서 잘린 면이 터졌다. 찢어지고 부러져서, 뿌리에서 떨어진 줄기가 무서운 속도로 오가타한테 쓰러져갔다. 톱을 놓친 두 손은 힘없이 내팽겨쳐지고, 가슴도 얼굴도 나무에 깔린 오가타는 땅울림과 함께 거목 아래에서 듣고 싶지 않은 소리를 냈다. K의 절규는 소리가 되지 않았다. 오가타의 상반신은 땅에 깊이 박히고 하얀 손만이 줄기에서 자란 가지처럼 나와 있었다.

"무슨 일이야?" 뒤에서 러시아어로 외치는 소리가 났다.

K는 호출되었다.

밀고당한 것이다. 등골이 서늘해지고 잘게 떨렸다. 무엇을 밀고당한 것인지는 모른다. 작업 수행에 잘못한 점은 없다. 어제도 오늘도, 작업중, 식사중, 취침 전, 소리를 죽인 대화조차 안했다. K에게 이제 대화는 의미가 없었다.

오가타가 죽고 나서 K는 암거래로 담배를 사기 시작했지만 그 짓도 이미 그만두었다. 마지막 한 개비를 손톱 타는 냄새가 날 때까지 피운 것은 이 주도 전의 일이다. 문제를 일으키지 않는 한 담배 암거래는 묵인되었다. 빵 교환도 마찬가지였다. 도대체 무슨 혐의를 받은 것일까?

총을 어깨에 맨 무표정한 병사가 K의 어깨를 총대로 찌르면서 밤의 암흑 속으로 밀어냈다. 눈 알갱이가 얼굴에 계속 부딪힌다. 무수한 차가운 하루살이 같다.

행선지는 위병소가 아니었다. 위병소를 지나 그 뒤에서 왼쪽으로 반원을 그리면서 걸어가자, 시커먼 짐승이 매복한 것 같은 모습의, 창문 배치와 중앙의 문 생김새로는 단독주택으로 보이는 건물이 서 있었다. K의 시야에는 평소 들어오지 않던 건물이다. 매일 왕복 20킬로나 걷는데 겨우 200미터 정도 떨어져 있는 이 건물을 몰랐다.

병사가 무거워 보이는 두꺼운 나무문을 노크하고 나서 잠깐 기다렸다가 안쪽 목소리를 확인하고 문을 밀어 열었다. 다시 총대로 밀쳐 K는 실내에 들어갔다. 여기 와서 한 번도 느껴보지 못했던 후끈한 열기가 오른쪽에 있는 페치카(벽난로)로부터 발산되고 있었다. 볼에 그 열이 밀어닥쳤다.

코에서 목으로 열 덩어리가 밀려든다. 숨이 막힐 것 같다.

권련의 달콤한 향내가 떠돌고 있었다. 마비된 것 같던 K의 머리 심지에 완만하게 의식이 돌아온다. 온기 때문에 체온이 올라가 급속히 돌기 시작한 혈류가 그때까지 잠자고 있던 시커먼

공복을 되살린다. 몸을 감싸고 있는 모든 피부가 맹렬하게 가려워온다.

시키는 대로 담당관 책상 앞에 섰다. 오른쪽 뒤편에는 총을 든 병사가 서 있다.

"너는 러시아어를 하지?"

K는 반응하지 않았다. 침엽수의 공동空洞같이 K의 두 눈은 반응 없는 어둠이었다. K는 눈썹도 찡그리지 않았고, 담당관이 무슨 이야기를 하고 있는지 모르겠다는 얼굴도 하지 않았다.

"너는 러시아어를 알아. 게다가 상당히 잘해. 상급자야."

담당관은 K의 무반응에는 관심이 없다는 듯이 자리에서 일어서더니 벽 쪽에 있는 캐비닛을 열어 종이 뭉치를 꺼냈다. 위의 삼분의 일이 잘린 길이가 짧은 다갈색 봉투에서 얇은 종이 다발이 보였다. 자기에 관해 무엇인가가 쓰여 있다.

봉투에서 꺼낸 종이 다발을 넘기면서 담당관은 자리로 돌아왔다.

"너는 오타루 상고에서 러시아어를 배웠어. 하얼빈에서도 러시아어를 사용하는 일을 했다."

담당관은 빙긋도 하지 않고 서류를 보면서 말했다. 이제 필요 없다는 표정으로 서류를 테이블 한가운데로 가볍게 던졌다.

"영어도 조금은 하는 것 같군. 러시아어는 잘하고. 게다가 일본어도 할 수 있단 말이지." 담당관은 일본어를 '야폰스키 이즈

크японский язык'가 아니라, '니혼고'라고 했다. "네가 지금 하고 있는 일은 얼어붙은 나무를 자르고, 운반하는 거야. 영어도 러시아어도 일본어도 아무 소용이 없어…… 아니, 하나 소용되는 일이 있다면."

담당관은 거기에서 일단 입을 닫고 K의 공동 같은 어두운 눈을 들여다보듯이 하면서 목소리를 낮추었다.

"생명에 관계되는 정보, 생명을 위협하는 말이 뒤에서 들리면 몸이 먼저 반응하겠지. 쪼그려 앉고 머리를 감싸겠지."

K는 자기가 작업을 하는 동안에 그런 일이 있었는지 생각해 보았다. 오가타가 죽었을 때, 모든 것이 끝난 순간에 "무슨 일이야?"라는 절규가 들렸을 뿐이었다. 경비병도 동요했다.

죽느냐 사느냐를 가르는 것은 자신의 러시아어와는 다른 이야기일 터였다. 쓸데없이 몸을 사리거나 쪼그려 앉으면 사살당할 위험이 있다는 것은 포로한테는 상식이었다. 대열을 짜서 걷고 있을 때 얼어붙은 눈길에 발을 헛디뎌 갓길에서 굴러떨어졌을 뿐인데 사살된 포로가 있다는 소문을 들었다. K는 축 늘어뜨린 손을 그저 꽉 쥐었다.

"너는 첩보원처럼 우수해. 그러나 첩보원은 아니지."

K는 첩보 활동을 하고 있다는 혐의는 아닌 것 같았다. 그렇지만 죽의 배분을 확인하고 좁쌀 수까지 셀 듯한 포로의 눈치로, 담당관은 K를 응시했다.

"전혀 쓸데없는 소리를 안 해. 비명도 지르지 않아. 전혀 웃지 않아. 무슨 생각을 하는지 도대체 알 수가 없어. 그것이 자네의 재능이야."

K는 비로소 담당관이 자기보다 어리다는 사실을 깨달았다. 하얀 볼의 붉은 부분은 이 담당관의 어린 시절의 흔적으로 보인다. 코 밑의 수염도 나이를 많게 보이려는 아이디어인지도 모른다. 턱 밑에 깍지 낀 손은 펜은 쥔 적은 있어도 장작 패는 도끼는 들어본 적도 없는 것처럼 보인다.

"의논하자."

담당관은 거기에서 일단 입을 다물었다. 페치카가 있는 오른쪽 뒤쪽에서 장작 튀는 소리가 났다. 순간 그 소리에 반응한 병사가 움찔하고 총을 바꿔 드는 듯했다. 담당관은 수염을 한 번 쓰다듬고 입을 열었다.

"네가 러시아어를 할 수 있는 것은 아무도 몰라. 이것도 아주 안성맞춤이야. 네가 일본에 귀환하면 일본에 있는 러시아인 친구를 소개해도 좋아. 일왕정부 지배하에 돌아가면 너는 틀림없이 배척당할 거야. 그때는 아무 때고 러시아에 돌아오면 돼. 물론⋯⋯." 담당관은 작게 웃었다. "이런 타이가*가 아니라 모스크바, 아니면 레닌그라드. 알겠나? 네가 태어난 도쿄는 그저 잡

---

* 시베리아 지역의 침엽수 삼림 지대.

동사니 쓰레기 더미야. 먹을 것도 없고 살 집도 없어. 네 가족도 대공습 때 죽었다고 생각하는 편이 좋을 거야."

K는 담당관을 그저 보고 있었다. 담당관은 여전히 K의 태도에는 관심이 없다는 자세였다.

"너는 버려진 거야. 일본에게. 패전이 되었는데 일본인이 이렇게 넘칠 만큼 러시아에 있는 것이 왠지 알아?"

담당관은 잠시 입을 다물었다.

"일왕정부가 빨리 돌려보내라고 요구하지 않기 때문이지. 신민臣民을 적국에 남겨놓은 채 모른 체하고 있는 거야. 지금 돌아와도 곤란하다, 그런 이야기 아닐까? 너희를 먹여 살릴 여력이 정부에 없는 거지."

지금 여기에서 움직이는 것이 허락된다면 옷을 벗고 온몸을 쥐어뜯고 싶다. 확장된 모세혈관 속을 서로 먼저 흐르려는 적혈구가 완전히 통제를 잃고, 먹구름 속에서 무턱대고 회전하고, 부딪히고 있는 것 같다.

"미국의 무차별 폭격으로 몇십만이 목숨을 잃었어. 그 미군이 사실상 일본 전국을 점령하고 있지. 그렇지만 그런 일이 언제까지나 계속될 수는 없지. 우리뿐 아니라 영국도 점령에는 반대하고 있어. 연합국과 일본 사이에 조약이 맺어지고, 그러면 얼마 있다가 점령이 풀릴 거야. 그리고 일본에 혁명이 일어나겠지. 인민은 틀림없이 봉기할 거야." 소련군은 국경도 조약도 짓

밟고 대거 쳐들어왔다. 포로를 몇 년이나 구속하고 강제노동을 시키는 나라가 뭘 하겠다는 거야. K는 눈을 감았다.

"……그러기 위해서 동지를 지지하고 조직을 공고히 하는 지혜와 정보, 자금이 필요해. 너는 그 지혜와 정보를 이어주는 임무를 맡게 된다. 조국을 위해 일하는 거야."

정말 그런 대화가 있었던가?

K의 기억은 거기서부터 몽롱해지면서 화면이 캄캄해졌다.

의식이 돌아오기까지 얼마만큼의 시간이 지났는지 그것조차 알 수 없다. K는 뭔가의 원인으로 쓰러졌고 환자들이 가는 다른 병동에 팽개쳐졌다. 의식이 돌아오자 격렬한 두통이 났다. 거기에 들어가면 반 이상은 죽는다고 들은 장소였다. K는 두 장의 담요 사이에 끼어서 침대 위에 누워 있었다. 두통뿐 아니라 오른쪽 어깨도 아팠다. 뭔가의 물리적 작용으로 K는 의식을 잃었던 것이다. 그리고 K에게 혁명에 대해 이야기하던 담당관은 두 번 다시 K 앞에 나타나지 않았다.

K는 죽지 않았다. 그러나 첩보 활동에 관여했다는 죄로 이십오 년 형이 선고되고, 징벌대대에 배속되더니 다시 멀리 떨어진 수용소로 이송되었다. 그리고 바아무 철도공사 노역을 하게 되었다.

귀국할 때까지 그때부터 또 삼 년 남짓한 세월이 필요했다.

달구어진 까만 프라이팬에 버터를 올려놓는다. 버터는 금방 녹으면서 좋은 향내를 풍긴다. 노란 덩어리에서 하얀 연기가 피어날 때쯤에 나무젓가락으로 풀어놓은 달걀 두 개를 흘려 넣는다. 프라이팬 열에 풀어놓은 달걀이 소리를 내면서 반응한다. 전체적으로 재빨리 줄을 긋듯이 나무젓가락을 움직이다 프라이팬의 검은색이 보이기 시작하면 한쪽 편으로 달걀을 모으고 프라이팬 손잡이를 과감하게 움직여서 빙글 앞으로 뒤집는다. 아직 날달걀 티가 남아 있는 달걀은 안쪽으로 둥그렇게 말리면서 바깥쪽에 매끄러진 곡면이 태어난다.

　가오루의 요리 솜씨는 나날이 숙달되어갔다. 오카다도 그것을 반쯤 재미있어하면서, 이걸 할 수 있으면 저것도 할 수 있을까? 하며 착지점과 난이도를 높여갔다. 오카다가 슬그머니 세워둔 허들을 가오루는 다소 허둥지둥하면서도 넘을 수 있게 되었다. 개점 직전의 직원 식사를 가오루가 만들게 된 날, 냉장고에 남아 있는 재료를 조합해 무엇을 만들 수 있을지, 볶음밥이나 스파게티 이외의 것을 생각해보라는 응용문제가 나와 가오루는 순간 머리를 쥐어짰다. 하지만 오카다가 "찬밥으로 프렌치토스트는 못 만들지만 말이야"라고 힌트를 던지자 가오루는 "아" 하고 얼굴이 밝아져서 냉장고에서 찬밥과 우유, 양파, 마늘, 베이컨, 치즈를 꺼내 늘어놓았다. 오카다도 손으로도 돕고 입으로도 도와서 찬밥을 활용한 도리아가 완성되었다.

가오루를 사이에 두고 오카다와 가네사다가 카운터에 나란히 앉아 하얀 내열 접시에 담긴 도리아를 먹었다.

"이거 맛있네" 하고 가네사다가 말했다.

커피를 만드는 법은 옆에서 보면서 자기 딴에는 이해했다고 생각했는데 뜨거운 물의 온도를 적당히 내리는 수순을 배울 때까지는 알 수 없었다. "원두에 붓는 물은 살짝 식혀. 그렇지만 컵은 데워둬. 여름에는 괜찮지만 겨울에는 접시도 컵도 데워놓지 않으면 커피도 핫도그도 바로 맛이 떨어지거든. 온도도 맛의 요소야"라고 오카다가 말했다. 샐러드용 채소의 물기를 없애는 것이 얼마나 중요한지 의식해서 만들어보면 바로 알 수 있다. 오카다는 평소 요리나 커피 이야기를 하지 않는다. 가게를 열기 전인 오전 중에만 가오루에게 편하게 이야기해준다. 개점하면 다시 여느 때의 오카다로 돌아간다.

감자 샐러드와 핫도그용 양배추 볶음은 가오루가 만들어서 손님에게 내놓을 수 있게 되었다. 손님 응대도 많이 익숙해졌다. 오카다에게 주의를 받은 이래, 손톱을 자주 깎고 있었다. 바다에 가는 날은 '오부브'의 정기휴일인 일요일 정도가 되었다. 가오루의 얼굴은 조금씩 밝아져 가고 있었지만 가오루 자신은 그것을 알아차리지 못하고 있었다. 공기를 들이마시는 양은 똑같았다.

가네사다는 갑자기 직접 만든 소금 주먹밥에 장아찌만으로 도시락을 싸 오기 시작했다. 소금 주먹밥이 제일 맛있어. 갓 지은 밥으로 만들면 점심때쯤 알맞게 식거든. 찬밥은 맛이 없다고들 하지만 음식 중 찬밥이 왕이야. 내 마지막 만찬은 소금 주먹밥이야, 라고 가네사다는 말했다.

오카다하고 가오루가 뭔가 요리를 먹고 있는 옆에서 가네사다는 소금 주먹밥을 베어물고 장아찌를 입에 넣고 조간을 읽었다.

"다음 주면 8월도 끝이군."

가네사다가 신문에 눈길을 준 채 말했다.

가오루는 말없이 고개를 끄덕였다.

생각하지 않으려고 해도 시간은 흐른다. 9월이 되면 도쿄에 돌아가기로 약속했다. 이번 주면 8월이 끝난다.

가네사다는 신문을 접어서 2층으로 갔다가 바로 돌아왔다. 화장실에 가서 꽃을 다시 꽂는다. 시들기 시작한 것은 빼고, 남은 꽃은 줄기나 뿌리를 자르고 새로 사온 꽃과 합친다. 꽃의 수명이 고르지 않기 때문에 화려한 때와 쓸쓸한 때가 있다. 오늘은 상당히 화려하다.

손님은 몇 가지 안 되는 메뉴 가운데서 주문하고, 먹고, 마시고, 음악을 듣고 돌아간다. 매일매일이 단순한 반복이다. 틀어놓는 음악은 그때마다 다를지 모른다. 그래도 이 넓지 않은 재즈카페에서 눈에 들어오는 것, 귀와 입으로 들어오는 것은 그다지 다르지 않다. 여기에서 만들어진 것은 여기에서 사라진다. 도쿄에서는 가오루 주위에 집과 학교밖에 없었다. 여기에는 무엇이 있을까? 말로는 표현하기 어렵다고 가오루는 느끼고 있었다.

'시로카네'에는 하루건너 코페 빵을 사러 갔다.

같은 이름의 '가오루 씨'는 '가오루薰'가 아니라, '가오루夏織'였다. 빵 봉지와 함께 준 납품서 담당란에, '세노오 가오리妹尾夏織'라는 파란 도장이 찍힌 것을 보고, "'가오리'라고 쓰고 '가오루'라고 읽어요?" 하고 가오루는 조금 얼빠진 질문을 했다. 가오루 씨는 쓴웃음을 지으면서, "가, 오, 루. 백이면 백 '가오리'라고 읽어"라며 코를 찡긋하고 말했다.

가오루 씨에 대해 새로 알게 된 것은 그것뿐이었다.

빵집 점원으로서의 가오루 씨는 언제 봐도 표정이 안정되어 있었다. 밤의 해변에서 함께 불꽃놀이했을 때의 얼굴은 이제 어디에도 찾을 수 없었다.

오카다 짝인 것 같은 마사코는 토요일 밤에 '오부브'에 오는 일이 있었지만, ─그리고 마지막에는 오카다 방에 가는 것 같았지만,─ 가오루 씨는 그 뒤 한 번도 안 왔다. 마사코가 예전에 밥을 먹자고 했었지만 다시 권하는 일도 없었다. 아마 벌써 잊었을 것이다. 고등학교 2학년 남학생 따위 길에서 스쳐 지나가는 개 한 마리 같은 존재인지도 모른다. 꼬리를 흔들면 머리 정도는 쓰다듬어주지만 데려가려고는 생각도 안 할 것이다. 산책 중인 개는 앞만 보고 가던 길을 계속 가면 된다.

어디에든 아무렇게나 던질 수 있을 것 같고 손안에서 열기조차 띠던 몰랑한 공이 튀지도 않고 구르지도 않고 그저 책상 위에 놓인 채 열도 식고 멈춰 있다. 이제는 어떻게 손을 뻗어야 할지 알 수조차 없다. 그렇게 된 것을 아쉬워하는 마음은 물론 가오루에게 있었다. 그러나 가오루는 몰랑한 공을 어떻게 쥐고 어디로 어느 정도의 힘으로 던지면 되는지 전혀 알 수가 없었다. 요리에 대해서는 오카다에게 물어도, 그런 것을 물을 수는 없다. 가오루 씨와 가오루를 밤의 해변에 놔두고 사라진 오카다와 마사코는 무슨 생각을 하고 있었을까? 가오루 씨한테서 뭔가 들었을까? 특별한 꿈에서 깨어나도 이를 닦고 얼굴을 씻다 보면 꿈의 감촉은 흐려진다. 여느 때와 같은 하루가 여느 때와 같이 똑같이 시작된다.

'시로카네'에 하루건너 다니는 동안에 그날 밤의 가오루 씨보다도 빵집 점원인 가오루 씨에게 또 다른 의미에서의 호감이 생기기 시작했다.

하얀 가운을 입은 가오루 씨는 불꽃놀이하던 밤에 옆에 있던 가오루 씨의 낮의 얼굴이지 다른 모습이 아니라고 깨닫는다. 다양한 손님에게 밝고 차분하게 응대하는 것은 언제 어디에서나 변하지 않는 가오루 씨의 사회적 모습인 것이다. 손님을 응대하면서 빵 재료를 반죽하듯이, 지금의 가오루 씨를 만든 밑바탕은 무심하게 일하는 동안에 저절로 형성되었을 것이다. 이렇게 되고 싶다고 의식해서 만든 것이 아니라 빵을 만들고 손님을 응대하는 동안에 몸에 밴 표정이니까 언제 봐도 다르지 않다.

빵집의 하얀 유니폼과 모자를 벗고 모든 사람에게 한결같이 보여주는 사회적 얼굴도 접고 단 한 사람에게만 솟구치는 자연스러움을 보이고 스킨십을 나누는 것이 연인이라면, 자기가 가오루 씨 애인이 되는 것은 도저히 무리다. 자신은 아직 아무런 바탕이 없다. 내밀 것이 없다. 그 사실을 누구보다도 자기 자신이 안다. 애인이 생길 때쯤이면 나한테도 누구에게나 내밀 수 있는 안정된 바탕이 만들어질까?

아니면 연애라는 것을 하면 저절로 사회적 자아도 생기는 걸까?

아무것도 알 수 없었다.

자기가 상상도 할 수 없을 만큼 많은 공기 거품을 아랫배에 잔뜩 집어넣고, 모은 만큼 내보낼 수밖에 없는 방귀 뀌는 이상한 인간이라는 것을 어떻게 상대방이 환멸하지 않게 이해시킬 수 있을까? 이렇게 배가 빵빵한 이상 애인 같은 것은 생길 수 없지 않을까? 연애 경험이 없는 가오루는 자기 안에서 우왕좌왕하는 상상으로 연애의 허들을 계속 높여놓고 올려다볼 만큼 높은 그 허들을 어떻게 뛰어넘을지, 그 형태만을 생각하고 있었다. 무의식중에 거기에서 도망치려고 하는 것인지도 모른다. 그래도 밤이 되어 혼자 이불에 누워 하루치 거품을 다 내보내고 배가 편안하게 편편해지면 이번에는 망상의 거품이 부글부글 머릿속에 생겨난다.

하얀 유니폼과 하얀 모자를 벗고 하얀 탱크톱에 빅스 사탕 같은 목걸이를 한 가오루 씨는 알코올 때문에 나긋나긋해진 목소리와 태도로 훨씬 연하인 자신에게 손을 뻗어 장난처럼 팔을 감는다. 가오루는 가오루 씨하고의 일을 이것저것 반추하면서, 이번에는 좀 더 대담하게 가오루 씨를 껴안고 여러 가지를 시도한다. 가오루는 갑자기 가오루 씨를 깔아 눕히려고 한다. 가오루 씨는 눈을 감고, 그러고 나서 눈을 뜨고, 가오루를 가만히 본다.

망상은 아무런 실체 없는 요리였다. 밀가루에 물과 달걀과 버터를 넣고 밀반죽이 될 때까지 치댄다. 공기를 뺀다. 밀대로 둥 그렇게 밀고 그 위에 자기가 좋아하는 재료를 흩뿌린다. 오븐에 넣고 구워, 먹고 싶은 부분부터 사양하지 않고 입에 집어넣는다. 입술 주위에 뭔가 묻어도 상관없다. 그것은 현실의 연애하고는 다르다. 자기 멋대로이고 일방적이다. 시작하면 멈출 수가 없다. 몸을 떨게 하는 환희가 간헐천처럼 뿜어 나온다. 혼자만의, 아무도 보지 않는 기묘한 춤.

새벽 2시가 지나 있었다.

상상이 아닌 가오루 씨를 만지는 것, 끌어안는 것, 자기 입술을 갖다대는 것은, 가오루 씨에게 좋은 일이라고 할 수 없다. 뭐가 괜찮고 뭐가 나쁜지. 그것을 알 수는 없을까? 내가 이런 생각을 하는 건 아무도 모른다. 서로 모르는 것을 모르는 채, 어떻게 맞춰 가면 될까? 아버지 책장에 있는 《연애 따위 그만둬라》라는 책이 머리에 떠올랐다. 펼쳐본 적은 없다. 가끔 눈에 들어왔다. 도쿄에 돌아가면 읽어보자. 아버지한테 빌리지 말고 서점에서 사자.

산에서 내려와서 바다를 향하던 바람이 멈추고 가오루 귀에 파도 소리가 희미하게 들린다. 이제는 모든 사람이 잠들었다.

도쿄의 밤은 좀 더 잠들기 힘들 터였다.

13

도쿄에 돌아가기 전에 가오루는 1박 2일 여행을 나섰다.

고른 행선지는 온천도 해수욕장도 호텔도 없는, 특별할 것이 없는 작은 바닷가 마을이었다.

가게에 놓여 있는 가이드북을 뒤적여서 관광객에게 인기가 없을 것 같은, 그렇지만 걷기에는 좋을 것 같은 마을이 없는지 찾아보았다. 생각해보면 가이드북에 그런 장소가 소개될 리 없다. 지도 위를 바다와 산을 따라 사리하마에서 동쪽으로 이동하다 보니 산과 바다에 낀 작은 마을이 있었다. 어항이 있고, 역이 있고, 우체국이 있고, 산기슭에 신사가 있다. 걸어서 갈 수 있는 거리에 곶도 있다. 쑥 튀어나온 곶 끝에도 신사 표시가 있다. 전화부에서 찾아보았더니 그 마을에는 민박집이 두 채 있을 뿐이었다. 주뼛주뼛 첫 번째 집에 전화를 건다. 무뚝뚝한 여자 목소리가 들리더니 간단히 숙박 예약을 할 수 있었다.

여행이라고 해도 사리하마에서 각역 정차인 완행 디젤차에 몸을 싣고 사십 분 정도 흔들리면 도착하는 거리이다. 산과 산 사이에 강이 흐르고 바다로 흘러 들어가기 직전에 나지막한 집들이 어깨를 맞대고 있다. 낡은 기차역은 마을에 들어가기 위한 뒷문 같은 인상이다. 해안선이 활같이 굽은 만도 바로 눈앞에 있다. 역 뒤는 울창한 숲이다. 숲 안쪽은 그대로 산이 되어 밑에서부터 밀어올린 듯이 솟아 있다.

끔찍할 만큼 엄청난 매미 울음소리가 쏟아진다. 이렇게 한꺼번에 울면 암컷이 상대방을 고를 수 있을까? 어쩌다 가까이에서 울고 있어서라는 이야기가 되는 게 아닐까?

매미에 비해 인기척은 거의 없었다. 오전 10시가 조금 지난 시간에 기차에서 내린 것은 가오루뿐이었다. 시간 조정 때문에 잠시 정차하고 있는 건지 그렁그렁그렁 하고 디젤엔진 소리가 들린다. 열차는 시내로 걸어가기 시작하는 가오루의 등을 지켜보고 있는 것 같다.

예약한 민박집은 역에서 가까워서 바로 찾을 수 있었다. 단층 목조인 민박집은 절간처럼 조용했다. 열려 있는 현관에서 안내를 구하자, 무뚝뚝한 민박집 아주머니가―민박집이니까 이 집 안주인이겠지만― 바로 나타나서, "그럼 이쪽으로"라고 하면서, 처마 밑에 발이 처져 있는 툇마루 복도를 앞장서 안내해주었다. 둘이 복도를 걸어가자, 열어젖힌 채인 이중 유리창이 덜커덩덜커덩 울렸다.

방은 커다란 객실을 맹장지로 세 칸으로 나누었을 뿐이었다. 가오루가 안내받은 방은 그 가장 안쪽이었다. 혼자 있기에는 너무 넓은 객실로 훌륭한 도코노마*까지 있고 햇볕에 그을린 족자가 걸려 있다. 중국의 깊은 산속 같은 경치가 그려진 묵화로 저 아래 있는 계곡을 한 척의 배가 내려가고 있다. 깎아지른 듯한 절벽에서 몇 그루인가의 소나무가 배를 내려다보고 있다. 배는 어딘가를 향해서 영원히 멈춰 있다.

아주머니가 선풍기 스위치를 눌러주었다. '강' 회전으로 한 탓인지 오래된 다다미 냄새가 났다.

왜 이런 곳에 혼자, 라는 얼굴을 아주머니는 숨기려고도 하지 않았다. 저녁밥도 아침밥도 7시부터인데 괜찮아? 하고 물어서 가오루는 "네, 잘 부탁드립니다"라고만 대답했다.

"곶에 있는 등대에 가보려고요. 조금 있다 나갈게요"라고 가오루가 말하자 아주머니의 눈이 가오루의 배낭으로 향했다. "귀중품은 금고에 맡길 수 있어요."

"아뇨, 이것 하나인데요 뭐, 들고 가겠습니다. 괜찮습니다."

---

* 일본식 방의 바닥을 한 층 높게 만든 곳으로, 벽에 족자를 걸고 바닥에 꽃이나 장식물로 꾸며놓는다.

혼자가 된 가오루는 다다미에 드러누웠다. 아주머니가 멀어지는 발소리와 마룻바닥의 희미한 삐거걱림.

선풍기 바람이 발밑에서 머리로 빠져나간다. 오래된 다다미 냄새. 머리와 손만 움직여서 방 안을 둘러본다. 옆방하고의 경계는 맹장지이지만, 맹장지 위는 난간으로 되어 있다. 난간을 통해 옆방 천장이 보인다. 옆방에 다른 손님이 오면 소리가 그대로 들릴 것이다. 선풍기 바람이 도코노마의 족자로 향하자 아래쪽이 바람에 들린다. 회전 바람이 지나가면, 족자의 나무봉이 흙벽에 부딪혀서 통통 소리가 난다. 사방에서 요란하게 울어대는 매미 소리도 들린다. 가오루는 가능한 한 소리가 나지 않게 방귀를 뀌었다. 가족을 떠나, 친척에게서도 떠난 자기가 여기에서 이대로 실종되면 어떻게 될까 생각한다.

학교에 가지 않으니까 교복은 입지 않지만, 자기가 아직 고등학교 2학년에 갇혀 있다는 생각이 든다. 고등학교를 그만두면 자유로워질까? 가오루는 그렇게 낙관적이지 않다. 고등학교를 그만두어도 자기를 꽂아놓은 압정이 빠져서 바닥에 떨어질 뿐이다. 떨어진 얇은 종이는 누군가에게 간단히 밟히든지, 바람에 날려가든지 할 것이다. 아무것도 써 있지 않은 하얀 종이 한 장이 자기 행선지 따위 알 리가 없다. 그렇다면 나머지 일 년 반, 눈을 딱 감고 귀를 닫고 코를 막고, 학교를 다녀서 졸업하면 되지 않겠는가? 선생님이나 부모가 말하지 않아도 그것은 안다. 문제는 아무리 애써도 학교에 갈 수 있을 것 같지 않다는 것이다.

대학 입시를 포기해버리면―요리는 어떨까? 먹어줄 사람과 돈을 치를 사람이 없으면 직업이 안 된다. 전혀 모르는 레스토랑이나 요릿집에서, 접시 닦기, 사전 재료 준비 수련부터 시작하면, 고등학교에 다니는 숨막힘 정도가 아닐 것이다. 제 몫을 할 때까지 십 년은 걸린다.― 그리고 무엇을 하든, 어디든 반드시 낯선 타인이 있다.

혼자서는 살아갈 수 없다.

누군가하고 즉 여성과 특별한 관계가 되면 불합리한 일상이라도 참고 일할 수 있을까? 부모를 보고 있으면 그렇지도 않은 것 같다.

아버지는 요리를 하지 않는다. 설거지도 빨래도 하지 않는다. 다 된 빨래를 개키지도 않는다. 청소만 가끔 한다. 사실은 싫어하는 요리를 해야 하는 어머니는 음식하는 일 따위 생각도 안 하는 아버지를 어떻게 생각하고 있을까?

나는 '오부브'에서 요리 흉내를 내면서 재미있었다. 요리가 재미있다고 느끼는 감각은, 아버지한테는 물론 어머니한테도 물려받지 않았다. 이렇게 느끼거나 생각한 것은 난생처음이다.

부엌칼 한 자루 허리춤에 차고 살까? 자신을 희화화하는 유행가가 머리에 떠오르는 것은 요리에 진심이 되는 것이 두려워서일까?

여기에서 생각해봤자 별수 없다.

가오루는 그렇게 생각하고 일어나서 선풍기를 끄고 곶까지 걸어가기로 했다.

현관에서 신발을 신으면서 "다녀오겠습니다" 하고 누구한테 라고 할 것 없이 인사하자, 기다렸다는 듯이 아주머니가 안쪽에 서 나온다. 걱정스러운 표정을 숨기지도 않고 가오루 얼굴을 살 핀다. "몇 시쯤 돌아올 거야?" 한다. "곶에 갔다가 어딘가에서 점심을 먹고 기운이 남으면 시내를 걷고…… 아무리 늦어도 저 녁에는 돌아옵니다." 가오루는 생각하던 대로 말했다. "아, 참. 곶에 가는 도중에 식당이라든가 레스토랑 같은 게 있나요?"

"있기는 있어. 한 곳. 식당이."

"그렇습니까? 들러보겠습니다."

가오루는 애써 밝게 이야기했지만 아주머니는 아직 고등학 생이 혼자 묵으러 와서, 바다로 돌출된 등대에 가는 것이 괜찮 을까, 자살하지는 않을까, 의심하는 얼굴로 가오루를 보고 있 다. 가오루는 미안한 마음에 웃는 얼굴로 "다녀오겠습니다"라고 해보았지만 어색한 미소가 오히려 역효과가 된 것 같다.

"조심하고"라고 아주머니가 말했다.

"아, 잠깐 기다려." 현관을 막 나서려는 순간 아주머니가 멈 춰 세웠다.

아주머니는 현관 벽에 걸려 있던 맥고모자를 가져와서 무뚝

뚝하게 말했다.

"이거 써. 머리가 익어."

가오루는 "고맙습니다"라고 인사하고 순순하게 머리를 숙인 뒤 맥고모자를 받았다. "다녀오겠습니다."

낡은 턱 끈이 볼 부근에서 흔들린다.

바닷바람 속을 국도를 따라 서쪽으로 한동안 걷자 그다지 크지 않은 숲을 짙은 초록색 혹처럼 짊어진 곳이 태평양을 향해 뻗어 있는 것이 보인다. 울창한 숲은 아열대식물 원시림 같다.

곶이 가까워지자, 매미가 맹렬하고 끊임없이 운다. 국도를 왼쪽으로 꺾어 툭 튀어나온 곶 끝으로 향하는 산책길을 걸었다. 순간 바닷바람이 약해진다. 습도가 높아 솟구치는 땀이 마를 새가 없다. 머리가 따끔거려 맥고모자를 벗어 손에 들었다.

여기 마지막으로 다녀간 사람은 누굴까 의심될 만큼 산책길에는 인기척이 없다. 가느다란 가지랑 마른 나뭇잎이 잔뜩 떨어져 있다. 숲속은 이름을 알 수 없는 양치식물이 푸릇푸릇한 비린내를 풍기며 우거져 있다. 가까운 수풀에서 가오루에게 놀란 새가 날갯짓을 하면서 튀어 나간다. 어두컴컴한 길을 빠져나가자 넓고 밝은 곳으로 나왔다. 햇살을 받고 있는 산책길은 내리막이 되고, 바위가 많은 얕은 여울 양쪽으로 작은 만을 내려다보면서 다시 언덕길을 올라가 전방의 숲속으로 들어간다. 곶의 끝은 하나의 섬이 되어 있었다. 숲에 들어가기 직전에 안내도가 있었다. 거기에서 좀 더 앞쪽에 신사가 있는 것 같다. 산책로가 이어져 있으니까 출입금지는 아니다. 다시 숲에 들어가는 곳에 신사 입구에 세우는 기둥 문이 있었고 그 밑을 빠져나가자 어쩐지 숲의 나무색이 깊고 짙어진 것 같았다. 매미 울음소리도 드물어진다. 여전히 아무하고도 지나치는 일이 없다. 도중에 신사로 가는 참배로가 있었지만 그쪽으로 들어가지 않고 곧장 나간다. 그러자 얼마 안 있어 나무 사이로 하얀 등대가 보이기 시작했다.

등대는 그다지 크지 않았다. 하얀 페인트가 칠해져 있는 것이 아니라 하얀 작은 타일이 빙 둘러붙어 있었다. 플레이트가 있어서 가오루가 태어난 해보다 조금 뒤에 세워진 것을 알 수 있었다. 그때부터 같은 장소에서 계속해서 바다를 향해 빛줄기를 뻗고 있는 것이다.

등대 너머로 돌아가는 샛길이 보였다. 잡초가 무성한 것이 아무도 걸어본 적이 없는 것 같다. 가오루는 바다 쪽으로 가는 좁은 길로 나아갔다.

등대 앞의 바위밭은 바다에서 수십 미터 정도 높은 곳에 있다. 확실히 거기에서 뛰어내리면 살 수 없을 것 같다. 바다색은 시퍼렇고 깊어 보인다. 헤엄치지 못하는 가오루가 떨어지면 틀림없이 목숨을 잃을 것이다.

가오루는 맥고모자를 쓰고 끈을 턱 밑에서 단단히 묶고 나서,

양손을 써서 바위를 붙잡고 발밑에 신경 쓰면서 등대 쪽으로 돌아갔다. 눈앞에 눈부실 만큼 햇빛이 쏟아지는 편편한 곳이 나타났다. 눈에 들어오는 것은 온통 태평양이었다. 바위밭 밑에서 파도가 부딪히는 소리가 들려온다. 바다 냄새. 사타구니 부근이 근질거린다. 가오루는 마른 바위를 골라서 앉았다.

눈앞에는 바다만이 펼쳐져 있다. 강한 흐름의 구로시오 바다이다. 먼바다를 커다란 배가 지나간다.

바다는 평온하고 파도도 없다. 유조선 같은 배도 있고 화물선 같은 배도 있다. 파도를 가르고 나아가는 것이 아니라 소리 없이 해면을 이동하는 것처럼 보인다. 여기서부터 배까지의 거리도, 배의 속도도 짐작도 되지 않는다. 각각의 배는 얼마만큼의 시간을 들여 어디로 가려는 것일까? 어디에서 무엇을 싣고 돌아온 것일까?

배를 조종하는 사람도 거기에서 일하는 사람도 너무 멀어서 보이지 않는다.

미국에 가는 배도 있을까? 오늘 어딘가의 항구에 들어가려는 배도 있겠지? 배를 보고 있기만 해서는 가는 길인지 오는 길인지도 알 수 없다.

작은할아버지는 고등학생 때 무역 일이 하고 싶었다고 들은 적이 있다. 오타루의 학교에 진학한 것도 그 때문이었던 것 같다. 홋카이도에 있는 학교에 가다니 작은할아버지답다, 라고 생각했다. 그때도 농담만 하고 있었을까?

싫증 날 때까지 바다를 보려고 했지만 싫증이 나지 않았다. 가오루는 그저 보고 있었다. 망막이 눈앞의 경치를 그저 받아들였다.

먼바다의 배를 보고 있으니까 시간이 흐르는 것에 큰 의미가 없다는 생각이 든다. 인간은 흐르는 시간 가운데 산다. 달력을 만들고 시계를 만들고 시간과 세월을 잰다. 그것은 시간의 그림자 같은 것이지 시간 그 자체는 아니라고 가오루는 생각한다. 보이는 것 같지만 보이지 않는 것, 아무도 멈출 수 없는 시간은 이와 같은 광경으로 나타난다. 그것을 말로 하면 '아름답다'가 되지 않을까?

배는 멀리서 봤을 때 비로소 풍경이 된다. 소리도 없이 움직이는 배를 누군가 조종하고 있다고 생각할 필요는 없다. 움직이지 않으면 안 된다고 생각할 필요도 없다. 어쨌거나 그것은 움직이고 있으니까.

눈 바로 아래로 들이치는 파도는 큰 시간의 흐름이나 움직임하고는 별개로 그저 거기에서 태어나는 작은 사고 같은 것인지도 모른다. 아무도 알아차리지 못하는 사고. 자기가 무슨 실패를 해도 이 파도나 같다. 아무도 보지 않으면 아무도 알아차리지 못한다.

가오루는 크게 기지개를 켰다. 현기증이 났다. 그대로 가만히 있자 바닷바람이 느껴진다. 그리고 또 하품을 했다. 몇 번이나 잇달아서 하품이 나왔다. 하품에 밀려서 나온 눈물이 바닷바람을 맞고 있다. 가오루는 콧물을 훌쩍였다.

걱정스러워 보이던 민박집 아주머니 얼굴이 떠올랐다.

곳에서 국도까지 돌아가는 동안에도, 누구하고도 지나치는 일이 없었다.

국도 옆에 민박집 아주머니가 말하던, 여러 번 빨아서 완전히 색이 바랜 것 같은 목조 단층집 식당이 있었다. 손목시계를 보니까 1시가 지났다.

예상대로 손님은 아무도 없었다. 비닐 테이블보가 덮인 테이블이 늘어서 있었다. 바다 쪽은 유리창이었다. 그 하나에 앉아 있던 노인이 가게 주인 같다. 천장 가까이에 있는 감실* 같은 곳에 붙박이처럼 놓인 텔레비전으로 국회 중계를 보고 있다. 국회 중계를 열심히 보는 사람은 처음 보았다. 그 노인의 아내 같은 사람이 주문을 받으러 왔다. 가오루는 히야시추카**를 주문했다. 노인이 일어섰다. 국회 중계는 그대로 방영되고 있다. 별로 차지 않는 히야시추카를 다 먹고 가오루는 가게를 나왔다. 노인은 다시 같은 자리로 돌아가서 열심히 국회 중계를 보기 시작한다. 단편적으로 귀에 들어오는 정치적인 단어가 바다 옆

* 조상의 위패를 모셔놓기 위한 곳.
** 일본식 중화냉라멘.

191

국도 변에 있는 식당의 노주인하고 무슨 관계가 있는지, 가오루는 전혀 알 수가 없었다.

"다녀왔습니다."

가오루는 자기 목소리가 조금 들떠 있다고 느꼈다.

"아아, 어서 와요."

아주머니는 수건으로 양손을 닦으면서 방에서 튀어나와 현관에 섰다. 전송할 때와는 완전히 다르게 만면이 웃음이었다.

"많이 걸었겠네. 수고했어요."

뭐가 그렇게 기쁘냐고 물어보고 싶을 만큼 기분이 좋았다. 아주머니는 진짜로 걱정하고 있었던 거야. 가오루는 그렇게 생각하고, 미안한 것도 같고 고마운 것도 같은 기분이 되었다. "이거 잘 썼습니다"라고 말하면서 맥고모자를 아주머니에게 건넸다. "이런 거라도 도움이 됐어?"라고 웃으며 묻기에, "네, 많이요"라고 대답하자, "그래그래, 어려워하지 말고 말해요"라고 했다.

목욕을 마치고 오자, 가오루 옆방에 한 가족이 들어와 있었다. 초등학교 1학년 정도 되는 남자아이와 부모, 할머니 같았다. 아이는 가오루를 보자 뜻밖의 무언가를 본 듯한 얼굴이 되어 옆에 있는 어머니한테 "혼자야"라고 했다. "큰 소리 내지 마"라고 할머니가 주의를 주었다. 제일 듣고 싶지 않은 말을 딱 겨냥한 것처럼 들은 것 같았다.

그래, 나는 혼자야, 라고 가슴속에서 중얼거린다.

갈치 회, 생두부, 토마토와 오이 샐러드, 된장국에 밥으로 저녁을 마치자, 가오루는 선풍기를 틀고 벌렁 누웠다.

얼마 있다가 귓가에서 기분 나쁜 소리가 나서 가오루는 튀어오르듯 일어났다. 가오루가 제일 싫어하는 모기였다.

다시 옆방 앞을 서둘러 지나 아주머니가 있을 만한 곳에 가서 말을 걸었다.

"죄송합니다. 저 모기향 있습니까?"

"있어있어, 자 써요." 아주머니가 말하면서 모기향과 재받침 접시와 성냥을 같이 건네주었다.

옆방 앞을 지나서 돌아올 때, 남자아이가 거침없이 뚫어지게 쳐다보았다.

가오루는 모르는 척 지나쳐서 자기 방 한가운데에 모기향을 피웠다.

남자아이는 잠시도 가만히 있지 않고, 복도를 뛰어다니다가 그 바람에 그만 이쪽 방까지 왔다는 듯 가오루 방을 들여다보았다. 자기 따위한테 왜 그렇게 관심이 많은 건지. 저 정도 나이 때 저렇게 노골적으로 남에게 관심을 보인 적은 없었던 것 같은데. 여전히 야단치거나 주의 주는 것은 할머니 몫이고 부모는 둘이 소곤소곤 이야기하고 있다.

가오루는 저런 사내아이를 어떻게 다루어야 할지 몰랐다.

지나는 길에 남의 집의 개가 집요하게 짖어대는 것이나 같았다. 형광등 아래에서 문고본을 읽으려고 해도 남자아이 기척에 산란해서 머리에 들어오지 않는다.

단념하고 자기로 했다.

방 가운데 깔아놓은 이불에 풀 먹인 빳빳한 시트를 씌우고, 메밀 껍질 베개를 놓고 천장의 형광등을 껐다.

선풍기는 '약' 회전으로 켜놓았다.

난간을 통해 옆방의 불빛이 비친다.

"벌써 자나봐" 하고 남자아이 목소리가 들린다. "이놈" 하는 할머니 목소리.

또 모기 날개 소리가 나서 튀어오르듯 일어난다. 선풍기 바람이 모기향 연기를 날려버렸나 싶어 선풍기를 끈다.

쾅 하고 이번에는 맹장지를 걷어차는 소리가 난다. 모처럼 아버지가 야단치는 낮은 목소리.

가오루는 남자아이 머릿속에는 무엇이 들어 있는지 전혀 알 수가 없다. 모를 것 같으면서 알 것 같기도 하다. 혼자 여행하는 것이 이상하다면 그래도 상관없다. 자기한테는 설명할 의무도 비위를 맞출 이유도 없다. 상대할 필요가 없다.

점점 공격적인 마음이 싹튼다. 이번에 또 맹장지를 걷어차면 소리 질러줄까?

잠 못 들고 있자 옆방도 겨우 잘 준비를 시작한 것 같았다. 그리고 얼마 있다가 조용해졌다. 마당 쪽에서 벌레 울음소리가 난다. 벌레는 벌써 가을을 채비하고 있다.

가오루는 잠이 안 왔다.

정신을 차리고 보니 방에는 모기향 연기가 가라앉듯이 떠돌고 있다. 그런데도 모기가 여러 마리 날고 있다. 상반신을 일으키자 모기향 연기에 의식을 잃은 모기가 다다미에 떨어지는 소리가 난다. 놀랄 만큼 커다란 모기다. 그런데 더 놀라운 것은 한번 떨어진 모기가 다시 날아간 사실이다.

여기 모기는 보통 모기향 가지고는 현기증을 일으켜서 떨어지는 일은 있어도 죽지는 않는 것 같다. 그리고 어쩐 일인지 가오루를 물려고 하지 않았다.

옆방에서 아버지 소리 같은 코고는 소리가 들려온다.

배가 빵빵했지만 방귀는 나올 것 같지 않아 모기 날개 소리를 들으며 가오루는 한숨을 쉬었다.

도쿄에 돌아가서 사리하마 이야기를 누가 물으면 이 모기 이야기를 해야지, 가오루는 생각했다. 모기향에 기절해서 다다미에 떨어져도, 죽지 않고 다시 의식을 되찾아 날아오르는 모기가 있었다, 고 이야기하자.

14

가네사다는 집에서는 별로 재즈를 듣지 않는다. 텔레비전도 거의 보지 않는다. 켠다면 라디오로, 시끄러운 프로그램이면 바로 끈다.

가오루가 도쿄로 돌아가서 마음이 많이 편해졌다. 거의 아무 것도 해주지 못했지만 눈앞에 있으면, 신경이 쓰인다. 그렇다고 뭘 해줄 수 있는 것도 아니다. 가오루를 보고 있으면 어쩐지 뭔가 해줘야 할 것 같은 기분이 되는 것은 어째서일까?

가오루 나이 때는 오타루 상고에 있었다. 도쿄를 떠나 살았다. 오타루는 도쿄에서보다 유럽을 가깝게 느끼게 했다. 러시아어 교사는 백계 러시아인이었다. 우라디밀 스미르노프, 별명은 보드카였다. 스미르노프는 수업중에 자주 보드카에 관한 얘기를 했다. 보드카는 러시아 제국의 근간에 있는 상품으로 가장 뛰어난 보드카 브랜드, 스미르노프―그 이름을 말할 때, 과장되게 강조했다― 그 사람이 러시아 혁명으로 프랑스에 망명한 것이 소비에트 경제의 명운을 갈랐다, 라는 것이 반은 농담, 반은 진담인 학설이었다. "상업은 중요합니다. 일상생활을 지탱합니다. 일상생활을 지탱하는 것은 무엇입니까? 먹을거리와 물과 돈과 말. 그리고 자네들한테는 아직 이르지만, 술입니다."

스미르노프는 그 뒤 오타루에서 결혼한 일본인 아내와 미국 보스톤으로 건너가, 교사가 아닌 피아노 중고 판매상을 시작했다고 들었다.

나에게는 미래가 있다고 막연히 느끼던 것은 오타루 시절이 마지막이었는지도 모른다. 물론 좋은 일만 있었던 것은 아니지만 오타루 시절에 러시아어를 배우지 않았다면 운명이 완전히 달라졌을 것이다―라고 생각하면, 오타루가 최악의 시기의 서막, 시작이기도 했다.

도쿄를 좋아하느냐고 물으면 대답이 궁하지만, 긴자를 지금도 좋아하는 것만은 틀림없다. 관공서도 공장도 주택가도 없는 상업거리이기 때문인지도 모른다. 사나이 가가 있는 주택가는 어느 틈엔가 생나무 울타리가 없어지고 모두 블록 담이 되어 완전히 살풍경해졌다.

가오루는 사리하마에 처음 왔을 때보다 표정이 부드러워졌다. 얼굴도 많이 탔다. 손님 응대도 할 수 있게 되었다. 예상보다 오카다가 가오루를 훨씬 열심히 도와준 것이 고마웠다. 가게에서 말수가 없는 오카다가 그렇게 말을 많이 하는 데 놀랐다. 오카다는 나와 둘만 일할 때 내심 폐쇄감을 느꼈던 걸까? 가오루가 그 가스 빼기 같은 역할을 한 걸까?—여태까지 생각도 하지 않던 의심이 생겼다.

내가 오카다를 거둬주었다, 살려주었다는 마음이 어딘가에 있다. 하긴 뭐에서 살렸냐고 묻는다면 모른다고 대답할 수밖에 없다. 잘 생각해보면 도움을 받은 것은 가네사다 쪽인지도 모른다. 애당초 사람은 진정한 의미에서 남을 돕는 것이 가능한 일일까.

오카다는 어느 틈엔지—'오부브'에서 도망치지 못하게 된 건 아닐까? 만일 그렇다면 그것은 가네사다가 바라는 바가 아니다. 오카다에게 모든 것을 넘겨주고 가게를 접어도 되고 아파트를 팔아치워도 된다. 그렇게 생각하면 피차 지금보다 마음이 편하지 않을까?

그러나 아직 말을 못 꺼냈고, 애당초 가네사다가 죽지 않으면 공수표 같은 이야기이기도 하다. 내가 죽을 때까지 기다려달라고 할 수는 없다. 내일 죽을지도 모르고 앞으로 십 년 죽지 않을지도 모른다.

가오루가 도쿄로 돌아가고 반달이 지나는 동안에 산에서 불어오는 바람이 제법 시원해졌다. '바다의 집'은 철수했고 해변의 사람 수도 반감했다.

가네사다는 오래된 싸구려 컴포넌트 스테레오의 전원을 켜고 레코드를 틀었다. 모차르트의 마지막에서 두 번째 교향곡, 40번의 2악장만 가끔 듣는다.

오타루 상고에는 클래식을 즐겨 듣는 사람들이 적잖이 있었다. 그러나 문학을 좋아하는 사람들이 세트로 즐기는 음악은 어딘지 젠체하는 것처럼 느껴져서 가네사다는 경원했다. 친하게 지내던 고베의 양조장집 아들의 하숙집에는 축음기가 있었고 모차르트의 석 장짜리 SP 음반이 있어서 조심스럽게 꺼내 들어본 적이 있지만 가슴이 떨린 만큼 흥분한 것은 영어 선생님이 휴대용 축음기로 들려준 젤리 롤 모턴의 뉴올리언스 재즈 쪽이었다.

가네사다가 모차르트 음악을 다시 만나게 된 것은 시베리아에서였다.

수용소에 음악은 없다. 머릿속에서 갑자기 음악이 울릴 때는 있었다. 빅스 바이더벡, 플레처 헨더슨, 장고 라인하르트, 콜먼, 루이 암스트롱…… 그러나 재즈는 시베리아 타이거나 혹한에는 별로 어울리지 않는다. 어울린다면 그레고리 성가나 아니면 당시 아직 들어본 적 없었던 현대음악일까?

시베리아에 어울리는 것은 음악이 아니라, 파리매가 얼굴 주변을 나는 소리, 눈 속을 방한 장화로 걸을 때 눈이 삐걱거리는 소리일 것이다. 좋아하던 음악이 시베리아에 있는 동안에 가네사다 속에서 점차 흐려지더니 이윽고 사라져버렸다.

벌채 작업을 마치고 수용소에 돌아와 얼마 안 되는 죽을 후루룩 먹은 후, 오가타가 "모차르트 교향곡, 들은 적 있어요?"라고 물은 적이 있었다. 있지만, 스스로는 별로 듣지 않아, 라고 흥미 없이 대답하자, "그건 유감이네. 아깝다. 듣는 쪽이 좋아요, 그것은" 하고 허공을 보는 듯한 눈초리가 되었다. 그리고 "한 번이라도 좋으니까 다시 듣고 싶다"라고 말했다. 오가타가 희망이나 욕구를 입에 올린 적은 그때까지 없었다. "소장네 집에는 있겠지" 하고 가네사다의 눈을 보면서 물었다. 물론 알 수가 없다. 있다 하더라도 우리가 그것을 들을 수 있을 리는 없다.

오가타는 희한하게도 반은 혼잣말처럼 자기 이야기를 했다. 그렇게 자기 이야기를 한 것은 그것이 처음이자 마지막이었다.

와카야마의 목재상의 커다란 저택에서는 신년 축하회가 사흘에 걸쳐서 열렸다. 첫날은 친척들이 모이고, 둘째 날에는 거래처나 정치가가, 셋째 날에는 집에서 시중드는 사람, 일하는 사람, 오가타 같은 직공들을 초대해서, 큰 객실에서 요리와 술을 대접했다고 한다. 그 큰 객실의 도코노마에는 수입한 커다란 축음기가 놓여 있어서 연회의 여흥으로 가끔 레코드를 틀었다. 연회는 신분이나 지위 고하를 가리지 않고 마음 놓고 즐기는 주연酒宴이어서 사양하지 않고 먹고 마시는 것이 반은 명령이었기 때문에, 음악에 귀 기울이는 사람 따위 없었다. 그러나 축음기에 가까운 자리에 앉아 있던 오가타를 그 음악은 갑자기 양팔로 끌어안고 끌어들이듯이 했다. 그것이 모차르트라는 음악가가 만든 교향곡이라는 것. 곡에는 이름이 아니라 번호가 붙어 있다는 것, 오가타가 들은 교향곡은 40번으로, 1악장에서 4악장까지 네 부분으로 나뉘어 있다는 것을 목재상 지배인한테 들었다.

"그 곡은 나무 자를 때에도 귓속에서 울려."

가네사다는 말없이 오가타 이야기를 듣고 있었다.

그날 밤, 짚 요에 눕기 전에 가네사다는 신발 밑창에다 '모 40'이라고 새겨두었다.

복귀한 가네사다는 도쿄에서 일하게 되었다. 레코드를 살 여유는 없었지만 긴자의 클래식 카페에 가서 모차르트의 교향곡 40번을 신청했다. 네 악장 중 제일 템포가 느리고 연주 시간도 제일 긴 2악장이 가네사다 귀에 남았다. 오가타가 어느 악장에 매료되었는지는 알 수 없다. 오가타가 시베리아에서 제일 말을 많이 한 그 음악이었다. 레코드 번호와 지휘자 이름을 메모해서 가슴주머니에 집어넣었다.

사리하마에 오고 나서는 주로 재즈 레코드만 사 모았다. 그러다 어느 땐가 오카다가 고베의 중고 레코드 가게에서 '브루노

발터의 40번이 있었어요'라고 하면서 사왔다. 오카다에게 오가타 이야기는 한 적이 없었다. 귀국해서 처음 들은 레코드가 모차르트였어, 라는 이야기는 한 적 있었다. 지휘자까지 이야기한 것은 완전히 잊고 있었다.

40번 2악장은 자기가 어떤 상태에 있든 스며들듯 스며든다. 다른 악장과 너무 다른 선율이고 리듬이었다. 다른 악장은 가네사다에게 필요 없었다. 2악장만 있으면 된다. 파도 같고 바람 같은 음악. 자기 맥박 같기도 하다. 내가 죽을 때는 이런 맥박을 마지막으로, 심장도, 뇌도, 호흡도 멈추면 좋겠다.

가오루가 무사히 도쿄에 돌아가서 오카다는 안심했다. 가기 전날 밤, 오카다는 가게를 치우면서 가오루에게 이야기했다.

"학교 같은 거 안 가도 돼. 집단에 길들여지는 쪽이 마음은 편하지만, 집단은 틀리기도 하니까. 게다가 진지하고 열성적인 사람이 있으면 더 고약하지."

오카다는 일을 멈추고 가오루를 보았다.

"조심해야 하는 것은 자기가 혼자라고 느낄 때야. 자기가 어딘가 막다른 곳에 몰렸다든가, 소외되었다든가, 집단을 원망하는 마음이 부글부글 끓기 시작하면 무리해서라도 집단에 남든지, 집단에서 나가는 편이 좋아. 그리고 정면으로 불평을 말하면 돼. 욕지거리를 해도 돼. 누군가는 그 욕지거리를 듣고 있어. 집단에서 나오고 나서 집단을 원망하기 시작하면 상처입는 것은 자신이야. 뭐라고 하면 좋을까……." 너무 진지해졌다고 생각했는지, 오카다가 농담하는 얼굴로 바뀌어 말을 이었다. "그러니까…… 방귀는 참지 않는 것이 좋다는 거지. 일부러 남 앞에서 뀔 필요는 없지만 말이야. 혼자가 되었을 때는 사양 말고 뀌면 돼. 제일 빠른 것은 욕조 속이지만."

"그건 벌써 하고 있어요."

가오루는 웃는 얼굴로 대답했다.

어째서 가오루한테는 달변이 되는지 오카다는 자신도 알 수 없었다.

"요리, 가르쳐주셔서 정말 감사합니다. 언젠가 또 오면 다른 요리도 가르쳐주세요."

가오루는 격식을 차려서 인사했다.

"물론 언제라도 가르쳐주지만 이제는 본인이 레퍼토리를 늘려가는 거야."

가오루가 다시 '오부브'에 온다면 환영할 생각이었다. 그러나 가오루가 다시는 여기에 오지 않을 거라 오카다는 생각했다.

가오루가 도쿄에 돌아가고 나서 이 주일이 지나자 '오부브'의 모든 것이 전하고 똑같이 돌아갔다.

그러나 오카다 신변에는 변화가 있었다.

마사코가 사리하마를 떠나게 된 것이다. 가오루에게는 아무런 책임도 없고 관계도 없지만 가오루 씨하고의 관계까지 포함해서 생각하면 가오루가 촉매처럼 작용한 부분도 있다고 할 수 있을 것 같다. 물론 가오루는 아무것도 모르고 도쿄로 돌아갔다.

오카다한테는 언제부터인지 기억에 없지만 '시로카네'에 빵을 사러 가서 가오루 씨의 언행 하나하나를 접할 때마다 싹이 트는 것 같은 속도로 조금씩 뭔가가 쌓여갔다. 한눈에 반한다는 것과는 정반대인 완만한 마음의 움직임이었다. 가오루 씨도 똑같은 마음인 것으로 오카다는 느꼈다.

'시로카네'에서 계산을 할 때 말수가 없는 오카다가 한두 마디 잡담 같은 이야기를 하고, 가오루 씨도 웃는 얼굴로 거기에 대답한다. 가오루 씨는 재치가 있고 조금 재미있다. 그러나 익숙해졌다고 해서 거침없이 발을 들여놓거나 하지는 않는다. 다가올 것 같으면서 다가오지 않으니까 이쪽에서 다가가고 싶어진다.

반년 정도 전부터 '오부브'에 나타나기 시작한 마사코는 주저하지 않고 무엇이든지 생각나는 대로 이야기한다. 깊은 관계가 된 것도 눈 깜짝할 사이였다. 그것이 마사코의 매력이었다. 그러나 나름의 시간이 흘러도 다사코하고의 관계는 그대로였다. 반쯤 강제로 문을 열고, 모호하게 두었던 것이 회수되고, 햇볕에 노출된다— 처음에는 신선하고 해방되었다는 느낌도 있었지만 오카다의 성격이 변한 것은 아니니까, 원래 혼자 있는 것이 성격에 맞는데라고 스스로에게 중얼거리게 되는 경우가 있다.

마침 그때쯤 가오루 씨가 오카다와 마사코의 관계를 알게 되었다. 친구에게 오카다 이야기를 했더니, "마사코 남친이지"라고 한 것이다.

"마사코라니?"

"술친구 중 하나야."

마사코의 술친구는 마사코한테 "조심하는 게 좋아, 시게카즈 씨는 아무한테나 다정하니까"라고 충고했다.

얼마 지나, 가오루 씨가 친구와 같이 와 있던 카운터 바에서 마사코가 도중에 합류하는 일이 있었다. 마사코는 하룻저녁 같이 마시고 나서 가오루 씨의 사람 됨됨이를 알게 되자 순수하게 가오루 씨를 마음에 들어했다. 혹은 최대의 방어를 겸하고 있었는지 그 이후 가오루 씨하고 급속도로 친해졌다.

아무런 예고도 없이 가오루 씨와 둘이 '오부브'에 나타난 것은, 더는 견제가 아니고 그냥 사이 좋은 친구로서였는지도 모른다.

오카다가 '시로카네'에 빵을 사러 가면 가오루 씨는 밝게 응대하지만 그 밝음 속에는 다가갈 수 없는 가벼운 거절이 포함되어 있었다. 아무 일도 일어나지 않은 채 두 사람의 관계는 빵집 점원과 단골손님인 채로 멈춰 있었다.

그러나 오카다하고 가오루 씨는 마사코가 두 사람의 감정을 좀 더 정확하게 파악하고 있다는 사실을 몰랐다. 불꽃놀이하던 밤, 마사코가 오카다를 끌고 해변에서 사라진 것은 그것을 자각 못 하는 두 사람에 대한 나름의 반발이었다. 두 사람은 마사코한테 기가 눌려 꼼짝도 못 하는 한편, 자기 감정에 새삼스럽게 눈을 뜨게 되었다.

생각도 못 했던 문이 갑자기 열린 것은 그러고 나서 얼마 뒤였다.

회사의 여름휴가를 맞아 도쿄에서 온 고등학교 동창생이 마사코를 찾아 '가틀레야'에 매일 출석 도장을 찍는 한편, 주위가 어이없어할 정도로 적극적인 구애를 시작했다. 오카다에게는 없는 열의와 도쿄에 대한 그리움에 불이 붙어 마사코는 간단하게 그 문으로 빨려 들어가버렸다. 남자는 수입차 딜러여서 수입도 좋다고 가오루 씨는 마사코한테 직접 들었다.

오카다는 혼자 일하느라 바빴다.

이렇게 없어지고 나니 가오루가 '오부브'에서 심부름을 1인분 이상으로 충분히 해냈다고 생각된다. 그렇게 매일 신경을 곤두세워서는 몸이 견디지 못할 텐데 계속 그러지는 않을 테지. 여기에서 그 정도로 해냈으니까, 가오루는 자기가 낮게 평가하던 것보다 훨씬 더 보람을 느낄 일을 언젠가 해낼 수 있을 것이다. 결국 스스로 그것을 깨달을 수밖에 없다. 거기부터 더 앞은 오카다가 도와줄 수 있는 것이 아무것도 없다.

다시 바빠지기는 했지만 혼자 일하는 편이 역시 마음은 편했다. 다만 하나 마음에 걸리는 것은 가게는 이제 자네에게 맡길 테니까—와 같은 태도를 가네사다가 보이기 시작한 일이다. 나이도 있고 어쩔 수 없는 일이겠지. 자기를 주어준 가네사다가 사라질 날을 새삼 생각하게 된다. 기름을 잘먹여 까맣게 광이 나는 프라이팬이 손에서 치워지고, 새로운 프라이팬을 받은 것처럼, 어쩐지 불안하고 어찌할 바를 모를 것 같았다.

오랜만에 멜빈 토메의 '스윙스 슈버트 앨리Swings Shubert Alley'를 틀면서 가게를 치우고 청소를 했다. 도쿄로 돌아가는 가오루에게 선물하려다가 미처 주지 못한 LP였다.

일부러 도쿄까지 보낼 건 아니라고 생각해서 그대로 두었다.

청소를 마치고 레코드플레이어 전원을 끄고 재킷에 넣어 선반에 꽂아놓았다.

밖에 내놓았던 '오부브' 입간판을 가게에 들여놓으려는 참에 갑자기 가오루 씨가 나타났다.

"수고 많으세요."

오카다는 아! 하면서, 가오루 씨를 보았다.

"가오루가 없어져서 쓸쓸한 것 아니야?"

오카다는 쑥스러운 듯이 한숨을 내쉬면서, "그래, 쓸쓸해"라고 했다.

조명을 전부 끄고 문을 닫았다.

"마사코도 사라지고, 여름도 끝이네."

오카다는 가오루 씨 얼굴을 보았다. 가오루 씨는 일단 눈길을 떨어뜨렸지만 다시 똑바로 오카다를 보았다.

"여름의 마지막 불꽃놀이, 사 왔어."

가오루 씨는 손가방을 들어서 오카다한테 보였다.

"그래? 마지막?"

오카다는 '오부브'의 열쇠를 잠그고 손가방을 받아든 뒤 가오루 씨 손을 처음으로 잡았다.

가오루가 도쿄에 돌아가기 전날 밤 가게를 닫은 뒤에 오카다는 "약 두 달간, 수고 많았어. 잘 일해주어서 도움이 많이 되었어"라고 했다.

"아뇨, 제가 폐를 많이 끼쳤습니다."

둘은 어깨를 나란히 하고 걸었다.

"가네사다 씨 같은 친척이 있어서 운이 좋았지."

"네, 저도 그렇게 생각해요."

"나도 가네사다 씨가 없었더라면 길에서 굶어 죽었을 거야."

둘은 아파트로 가는 왼쪽 길로 꺾지 않고 곧장 해변으로 향했다.

　해변에는 군데군데 사람 그림자가 있었다. 오카다는 '바다의 집'과 파도치는 곳 꼭 중간쯤에 앉았다. 가오루도 따라 앉았다.

　바다가 달빛을 반사했다.

　산에서 불어오는 바람은 상당히 온도가 내려가 있었다.

　여느 때보다 파도의 술렁거림이 크게 느껴진다.

　가오루는 많은 것을 오카다에게 묻고 싶었다. 그렇지만 말로 하려고 하면 입이 움직이지 않았다. 오카다라면 무엇이든지 대답해줄 수 있을지도 모르고, 그렇지 않을지도 모른다. 머릿속만 소란스럽게 움직이면서 그저 입을 다물고 있었다.

　가오루는 신발을 벗고 맨발로 파도치는 곳까지 걸어갔다. 파도가 발밑에 들어왔다가 다시 먼바다로 돌아가려고 할 때 발바닥의 모래가 같이 쓸려간다. 발밑이 불안해진다. 아슬아슬한 그 감각이 좋았다.

　파도가 밀려간 뒤의 잠깐 사이의 고요가 가오루를 뒤덮었다.

　모래사장에 바닷물이 빨려 들어갈 때 작은 거품이 부글부글하고 터지면서 사라진다. 작은 소리가 들린다. 나도 이 거품처럼 언젠가는 사라진다―그때까지 할 수 있는 일이 무엇일까?

　다음 파도가 오기까지, 지금은 아직 대답할 수 없는 그 물음이 밤의 우주 그 자체가 되어 가오루를 내려다보고 있다. 가오루는 그 기척을 기분 좋게 느끼기 시작하고 있었다.

주요 참고문헌

다카스기 이치로 《극광의 그늘에 – 시베리아 포로기》, 이와나미쇼텐

이시하라 기치로 《망향과 바다》, 지쿠마쇼보

도미타 다케시 《시베리아 억류 – 스탈린 독재 하, '수용소 군도'의 실상》, 주코신쇼

옮긴이 **김춘미**

이화여자대학교 영문학과를 졸업하고 한국외국어대학교 일본어과에서 석사학위
를, 고려대학교 국어국문학과에서 박사학위를 받았다. 고려대학교 일어일문학과
교수 및 일본학연구센터장, 한국일본학회장 등을 역임했다. 마쓰이에 마사시의《여
름은 오래 그곳에 남아》《가라앉는 프랜시스》, 무라카미 하루키의《해변의 카프카》
를 비롯해《물의 가족》《인간 실격》《본격소설》《열대어》 등을 우리말로 옮겼다. 그
밖에《Kujap 일본어 회화》《21세기 일본문학 연구》 등 일본어 교재에서 일본문학
연구서에 이르기까지 집필활동도 활발히 펼치고 있다.

거품

1판 1쇄 인쇄 2025년 12월 26일 **1판 1쇄 발행** 2C26년 1월 15일
지은이 마쓰이에 마사시 **옮긴이** 김춘미
펴낸이 박강휘
편집 장선정 **디자인** 이경희 조은아
마케팅 박유진 이수빈

발행처 김영사
주소 경기도 파주시 문발로 197(문발동) 우편번호10881
등록 1979년 5월 17일(제406-2003-036호)
주문 및 문의 전화 031)955-3200 **팩스** 031)955-3111
편집부 전화 02)3668-3295 **팩스** 02)745-4827
전자우편 literature@gimmyoung.com
블로그 blog.naver.com/viche_books
X(트위터) @vichebook **인스타그램** @drviche @viche_editors
ISBN 979-11-7332-434-5 03830
책값은 뒤표지에 있습니다.

비채는 김영사의 문학 브랜드입니다.